# 나의
# 사적인
# 그림

/

# 나의
# 사적인
# 그림

/

초판 1쇄 발행 2018년 8월 22일
초판 2쇄 발행 2019년 3월 21일

**지은이** 우지현
**펴낸이** 이희철
**기획** 엔터스코리아
**편집** 김정연
**마케팅** 임종호
**북디자인** 디자인홍시
**펴낸곳** 책이있는풍경

**등록** 제313-2004-00243호(2004년 10월 19일)
**주소** 서울시 마포구 월드컵로31길 62(망원동, 1층)
**전화** 02-394-7830(대)
**팩스** 02-394-7832
**이메일** chekpoong@naver.com
**홈페이지** www.chaekpung.com

ISBN 979-11-88041-15-2 03810

값은 뒤표지에 있습니다.
잘못된 책은 바꿔드립니다.

이 도서의 국립중앙도서관 출판시도서목록(CIP)은 서지정보유통지원시스템 홈페이지(http://seoji.nl.go.kr)와 국가자료공동목록시스템(http://www.nl.go.kr/kolisnet)에서 이용하실 수 있습니다. (CIP제어번호 : CIP2018022548)

# 나의 사적인 그림

/

우지현 지음

그림 속에 담겨 있는
나와 당신의 이야기

책/ 이/ 있/ 는/ 풍/ 경

# 프롤로그

/

## 지극히
## 사적인

/

써야만 하는 글이 있다. 아니, 쓰여진 글이라는 말이 더 알맞은지도 모른다. 쓴 것이 아니라 쓰여진 것. 이 수동태적인 표현에 대해 정확히 설명하는 것은 어려우나 직선적으로 말하자면 '자연발생적인 기록'이랄까. 날마다의 메모, 매일의 일기, 문득 떠오른 생각, 사소한 수기, 작은 끄적임……. 이 책은 그렇게 쓰여진 글들의 합이다. 사사로운 고민과 질문, 주관적인 생각, 삿된 마음, 특수한 사건이나 고백, 그러니까 사적인 이야기들로 구성되어 있다. 일견 단편적이고 개인적인 글을 차곡차곡 모은 책이기에 다소 터프하거나 두서가 없을지도 모르나 너그럽게 이해해주기를 바라며 미리 양해를 구한다.

분명히 말하건대, 이 책은 그림책이 아니다. 그림에 대한 지식이나 가르침을 기대한다면 당장 책을 덮기를 정중히 요청한다. 그림에 관해 정보를 주는 책도 아니고 그림 감상평을 나열한 책도 아니다. 그림보다는 글에 초점이 맞춰져 있다. 우연히 알게 된 신조어부터 단골 카페의 풍경, 취향에 대한 단상, 한밤중에 감자를 깎다가 얻은 깨달음, 아르헨티나에서 도착한 사진, 맥주가 가져다준 예상치 못한 행복, 옛날 아이스크림에 담긴 추억, 치과에서 생긴 일, 헌책방의 미덕, 막역한 벗과의 여행, 그리고 나만의 버킷리스트까지 다양한 내용으로 채워진 산문집이라고 할 수 있다.

하지만 어쩔 수 없이 이 책은 그림책이다. 말장난이 아니라 내 마음이, 내 생활이, 내 삶이 이미 그림과 긴밀하게 연관되어 있으니까. 떼려야 뗄 수 없는 관계이므로. 그 내용을 살짝 풀어놓자면, 세계 각국의 미술관에서 그림 그리는 사람들을 관찰한 일이나 그들이 들려준 이야기에서 찾은 그리기의 본질, 저녁녘에 도착한 환기미술관에서 한 그림과의 운명적인 마주침과 힘겹게 찾아간 마크 로스코Mark Rothko의 회고전에서 침묵할 수밖에 없던 경험, 한동안 내 책상맡에 걸어둔 그림과 미술의 도시 런던 방문기, 또 그림을 모아두는 별도의 컬렉션 등 그림에 관한 이야기로 가득 차 있다.

책에 실린 그림도 언급하지 않을 수 없다. 책이라는 한정된 공간에 최대한의 그림을 보여주고 싶었다. 따라서 각 편당 한 점 이상의 그림을 실어 총 팔십여 점의 그림을 담았다. 클로드 모네Claude Oscar Monet, 에두아르 마네Edouard Manet, 구스타프 클림트Gustav Klimt 등 이름만으로도 아름다움이 짐작되는 그림뿐 아니라 비교적 덜 알려져 있지만 충분히 훌륭한 그림, 혹은 익숙한 화가의 낯선 그림을 선정했다. 무조건 유명하다고 뛰어난 화가가 아님을, 생소하다고 나쁜 그림이 아님을 감히 말하고 싶었기 때문이다. 이름의 가치를 부정하는 것은 아니나, 작품에서 이름을 뺐을 때 누구도 그 작품에 감탄하지 않는다면 그는 이름뿐인 화가다. 무릇 대중은 화가의 이름이 아니라 작품에 매료되어야 한다.

사적인 관점에서 보면, 그림은 광대한 우주다. 대다수의 그림이 화가의 개인적인 이야기를 토대로 그려졌다. 일상의 풍경은 물론이고 자연의 거대함이나 사회적 메시지를 담은 그림조차 화가의 개별적 경험이 포함되어 있다. 이를테면 목회자라는 집안 환경과 타고난 기질로 인해 빈센트 반 고흐Vincent van Gogh는 노동자의 삶을 그리는 일에 천착했을 것이고, 백내장이라는 지병이나 지베르니라는 특수한 장소가 없었으면 모네의 「수련」 연작도 없었을 테니까. 그림은 화가 개개인이 처한 상황과 환경, 성격, 성향, 가치관 등 낱낱의 특성을 통해 탄생한다. 다시 말해 그림은, 사적인 역사의 흔적인 셈이다.

어디 화가들뿐이랴. 화가가 그린 그림처럼 우리의 삶도 사적인 사건의 연속이자 개인적인 장면의 모음이라고 할 수 있다. 삶이란 저마다의 이야기로 한 권의 스케치북을 채우는 일이다. 첫 장에 그림을 그린 뒤 다음 장으로 넘어가고, 또 다음 장으로 이어지며 계속해서 그림을 그려나가는 일. 그중에는 슬프거나 괴로운 그림도 있을 것이고, 절로 미소가 지어지는 행복한 그림도 있을 것이며, 가슴 아릿할 만큼 그리운 그림도 있을 것이다. 실패하거나 망친 그림, 또는 차마 끝내지 못한 미완성 그림도 섞여 있을 것이다. 그렇게 무수한 그림이 쌓이고 쌓여 개인의 삶이 되고 한 사람의 인생을 대변한다.

결국 삶은 사적인 세계다. 사적인 순간들로 이루어져 있고 사적으로 해석되며 사적인 힘을 갖는다. 사적인 추억이 담긴 물건 하나가 평범한 공간을 특별한 공간으로 뒤바꾸고, 친구와의 사적인 만남이 권태로운 하루를 생기 있게 변화시킨다. 공적인 영역인 카페에 있다가도 좋아하는 음악이 흘러나오면 그곳은 사적인 장소가 되고, 다수의 행인이 걷는 길을 사랑하는 사람과 함께 걸으면 순식간에 사적인 거리로 변모한다. 사적인 체험은 으레 개인의 마음속에서 일어나며, 같은 것을 경험해도 각각의 감응과 기억은 다르다. 사적인 시도가 모여 자기만의 의미를 만들고, 사적인 경험을 통해 삶은 고유성을 지닌다.

사적인 것의 귀중함을 생각한다. 개인의 사적인 영역은 작고 하찮은 부분이 아니라 그 어떤 요건보다 거대할 수 있고 삶의 결정적 조건일 수 있다. 사람은 사적인 연유로 고통받고 사적인 이유로 살아간다. 사적인 관계 때문에 괴로워하고 사적인 사이에서 힘을 얻는다. 사적인 문제로 인해 무너지고 사적인 희망으로부터 구원받는다. 사적인 추억, 사적인 공간, 사적인 습관이나 관심사, 사적인 물건 혹은 대상, 사적인 의문들, 사적인 욕망과 감정, 사적인 깨달음, 사적인 관계 등 오직 사적인 것만이 인간을 파괴할 수도 구할 수도 있다. 사적인 요소는 기실 삶의 전부다.

모든 것은 사적인 것에서 비롯된다는 생각으로 이 책은 쓰였다. 우리는 저마다 다른 존재이기에 같은 글을 읽고 같은 그림을 보더라도 느낌과 생각은 제각각이겠지만, 그 과정에서 각자의 질문과 답을 찾아가는 것, 나름대로의 묘미를 추구하는 것, 나아가 개개인 모두가 자신의 권리와 자유를 마음껏 누리는 것, 이것이 내가 여러분과 공유하고 싶은 이야기다. 아무쪼록 사적인 시간을 사랑하고 즐기는 많은 사람들, 반대로 사적인 시간을 놓치며 살아가는 이들에게 이 책이 여러모로 보탬이 되기를 바라며, 그럼 지금부터 나의 사적인 순간들과 동행해주시길.

## 일러두기

- 외국 인명과 지명, 고유명사 등의 표기는 국립국어원의 외래어 표기법을 따랐습니다. 단, 일부 인명의 경우 국내에 익숙한 명칭을 따랐습니다.
- 인명의 원어 표기는 최초 1회에 한하여 병기했습니다.
- 각 그림의 정보는 '화가명, 그림명, 제작 연도' 순으로 기재했고, '제작 방법, 실물 크기(세로×가로cm), 소장처'는 도판 목록에 기재했습니다.
- 그림, 영화 및 드라마의 제목 등은 「 」로, 도록, 도서명 등은 『 』로 표시했습니다.
- 이 서적 내에 사용된 일부 작품은 SACK를 통해 ARS, SIAE와 저작권 계약을 맺은 것입니다. 저작권법에 의하여 한국 내에서 보호를 받는 저작물이므로 무단 전재 및 복제를 금합니다.



- 이 서적에 사용된 김환기의 작품 「우주」는 환기재단 · 환기미술관과 저작권 계약을 맺은 것입니다. 저작권법에 의하여 한국 내에서 보호를 받는 저작물이므로 무단 전재 및 복제를 금합니다.



- 윌리엄 존슨의 「아이스크림 판매대에서의 어린이들」은 저작권자의 사용 허락을 받아 책에 실었음을 밝힙니다. 저작권법에 의하여 한국 내에서 보호를 받는 저작물이므로 무단 전재 및 복제를 금합니다.
- 이 책에 실린 그림들 중 후지타 쓰구하루의 「카페에서」, 제임스 워커 터커의 「도보 여행」, 레오노라 캐슬린 그린의 「필요한 쿠폰」은 저작권자와 협의가 진행중이며 루트비히 발렌타의 「서재에서」, 파블로스 사미오스의 「모닝 커피」, 세르게이 비노그라도프의 「햇살」의 경우 출처를 확인하지 못했습니다. 저작권자 또는 국내 저작권 관리업체와 연락이 닿는 대로 절차에 따라 허가를 받고 사용료를 지불할 예정입니다.

# 차례

## 내 안에 머무는 생각

# 내가 좋아하는 것

# 별도의 컬렉션

한동안 나는 사람보다 그림과 지냈다. 그림을 곁에 두고 수시로 보고 또 보았다. 그 연유는 순전히 좋기 때문이지만 그림은 내게 더없이 많은 것을 안겨주었다. 삶이 버겁고 힘겨워 주저앉고 싶을 때 그림 속의 수려한 풍경은 잠시나마 대피할 수 있는 비상구였고, 시시때때로 찾아오는 슬픔을 피하거나 막을 수는 없지만 슬픔을 완화하도록 안전장치가 되었다. 세상만사 덧없음이 자명해질 때 그림에 담긴 이야기는 가슴에 잔잔한 울림을, 때로는 진한 감동을 주며 다시 삶을 긍정하게 했다. 요즘도 마음이 소란스럽고 온갖 불협화음이 일 때면 습관적으로 그림을 본다. 일찍이 니체가 이야기했던 것처럼 "견딜 수 없는 일이 일어나는 세상에서 그래도 우리를 견디게 하는 것은 예술"뿐이니까.

그림을 모아두는 카테고리가 있다. 컴퓨터 폴더에, 스마트폰 사진첩에, 인터넷 즐겨찾기에, 서재나 화실 벽면에, 서랍 깊숙한 곳에, 그 밖에 손 닿는 모든 곳에 그림이 있다. 언제든 꺼내 볼 수 있는 그림이. 전시회를 가고 싶지만 여건이 허락

루이스 히메네스 이 아란다
「스튜디오에서」
1880년경

하지 않을 때, 원하는 그림만 골라 보고 싶을 때, 불현듯 떠오르는 그림이 있을 때 나는 언제고 나만의 아카이브를 연다. 내 방식대로 구성하고 선택된 별도의 컬렉션에서 탐닉하다 보면 내가 만든 세계에 들어와 있는 듯하다. 평상시 좋아하는 그림, 힘과 용기를 불어넣는 그림, 상처를 보듬어주는 그림, 숱한 질문을 던지는 그림, 색다른 영감을 주는 그림, 보기만 해도 편안해지는 그림이 저마다의 공간에 자리하고 있다.

나에게 그림은 이런 존재다. 사는 게 막막하고 서글프더라도 끝끝내 희망을 잃지 않게 하는 원동력. 세상으로부터 나를 지키는 울타리이자 동시에 세상과 나를 연결해주는 통로. 번지르르한 행복을 말하거나 무의미한 위로 대신 아무 말 없이 같이 있어주는 친구. 마음이 나쁜 쪽으로 흘러가지 않게 막고 좋은 방향으로 향할 수 있도록 이끄는 길잡이. 그리고 무미건조한 하루하루를 컬러풀하게 물들이는 축제. 삶이 그림에 영향을 끼치듯 그림도 삶에 영향을 준다. 한 점의 그림으로 순간이, 일상이, 인생이 달라질 수 있다. 그러니 그곳이 어디든 그림을 가까이 두고 자주 들여다보기를, 흠뻑 매료되어 매일의 아름다움을 붙잡기를 바란다. 그림과 함께일 때 삶은 찬란해진다.

# 좋은 것과 싫은 것

싫은 것보다 좋은 것을 먼저 하는 편이다. 사람마다 다를 수 있어 단언할 수 없으나 좋은 것을 먼저 하는 게 낫다고 생각한다. 대체로 좋은 것은 그 순간의 일이기 때문이다. 뜨거운 수프도 식으면 맛이 없고, 차가운 아이스크림도 금세 녹는다. 황금빛 노을도 순식간에 사라지고, 신선한 꽃도 이내 시든다. 재미있었던 영화도 다시 보면 무미하고, 즐겨 들었던 노래도 그때 그 느낌이 안 난다. 서로가 전부였던 사랑도 점점 멀어지고, 견고했던 우정도 조금씩 느슨해진다. 첫눈에 반했던 그림도 어언간 별 감흥이 없고, 홀딱 빠져들었던 책도 지루해진다. 영원히 지속되는 좋음이란 없는 것이다.

설령 그 대상이 바뀌지 않는다고 해도 시간이 지나면 좋아함의 깊이와 강도는 변할 수 있다. 여파와 공명도 달라진다. 아끼는 것도 중요하고 미루는 마음도 이해하지만, 좋은 것은 시기가 있고 때를 놓치면 영영 놓치는 것에 다름 아니다. 좋은 것은 취하고 싫은 것은 피하라는 소리가 아니다. 쓴 약을 억지로 먹는 것 못지않게 달콤한 사탕을 십분 즐기는

프란체스코 배로드
「재단사의 수프」
1933년

일이 필요하고, 싫은 소리를 감내하는 것도 중요하지만 좋은 말도 받아들일 줄 알아야 한다. 또 때로는 좋은 것을 구하는 마음이 싫은 것과 친해지는 계기가 되고, 좋은 것에 몰두하는 자세가 싫은 것을 해내게 하기도 한다.

호불호의 선후는 선택의 문제이기도 하지만 삶을 대하는 태도에 더 가깝다. 자신이 원하는 것을 놓치지 않으려는 자세, 손해를 감수하더라도 싫은 것을 거부할 수 있는 용기, 그리고 애중하는 대상을 지표 삼아 삶을 아름다운 쪽으로 끌고 가려는 의지 같은 것들. 결국 인생은 순간들의 합이 아니던가. 좋아하는 건 미루지 말고 그때그때 해버리는 게 현명하다. 좋아하는 음식을 먹고, 좋아하는 그림을 보고, 좋아하는 사람을 만나며 좋아하는 것들로 삶의 순간순간을 채워가는 것, 찰나의 기쁨을 충실히 누리는 것만이 최선이리라. 어차피 우리가 가질 수 있는 건 완벽한 삶이 아니라 완벽한 순간뿐일 테니.

# 취향

그릇 하나를 고르더라도 단순한 게 좋다. 꽃무늬 화병에는 선뜻 손이 가지 않는다. 미니멀한 디자인의 시계를 좋아하고 무채색 계열의 침구를 애중한다. 모던한 가구와 단정한 커튼, 장식이 배제된 형태의 거울을 아낀다. 좀 더 예를 들자면 이런 것이다. 한 가지 과일만 갈아서 만든 주스, 아무것도 섞이지 않은 플레인 요거트, 원래의 특성이 살아 있는 싱글오리진 원두, 통일된 톤의 욕실용품, 군더더기 없이 깔끔한 의자, 숫자로만 이루어진 달력, 기본에 충실한 노트와 펜, 단색의 포장지, 간편하게 할 수 있는 운동, 큼직하고 각진 가방, 가벼운 화장품, 그리고 무늬 없는 티셔츠.

단독으로 놓았을 때 설핏 부족해 보이지만 그것들이 합쳐졌을 때 비로소 조화를 이루는 존재들. 어떻게 배치하느냐에 따라 분위기와 의미가 달라지는 사물들. 한마디로 나는, 심플한 취향이다. 취향만큼 자기 자신을 확고하게 드러내는 것이 또 있을까. 취향은 개인의 독자성을 드러내는 수단이자 독립적인 세계를 가꾸는 습관이다. 그날의 기분이나 상황에

조르조 모란디

「정물」

1956년

따라 결정이 달라지기도 하지만 그 역시 한 사람의 취향을 고스란히 반영한다. 내가 좋아하는 물건이 어떤 종류인지, 나와 어울리는 사물이 무엇인지 스스로 알고 선택해 나만의 특별한 취향을 갖는 건 그 자체로 즐겁고 의미 있는 일이다.

자신의 취향을 아는 것은 중요하다. 취향은 단순히 선호도의 문제가 아니다. 그냥 만들어지는 것도 아니다. 끊임없이 나를 살피고 발견하고 이해하고 알아가는 일이다. 자기 자신을 받아들이고 고유한 개성을 찾는 일, 은밀한 즐거움을 누릴 삶의 동반자를 만드는 일, 또 인생에서 소중하다고 생각하는 가치를 지키는 일이다. 입고 있는 옷, 손에 든 가방, 신발의 굽, 헤어스타일, 지갑의 크기와 색깔, 카드 내역서, 방의 벽지, 커피의 종류, 냉장고 속 식재료, 책장에 꽂힌 책, 플레이리스트, 자주 가는 카페, 대화의 주제 등 우리를 둘러싼 모든 것에 취향이 묻어 있다. 취향은 한 개인의 생활방식, 심미안, 미적 감수성, 사고체계, 정체성, 세계관이 발현된 축도다.

# 재미, 그 이상의 가치

꼬마 때부터 재미있었던 건 그리기였다. 연필을 뾰족하게 깎아 스케치하고, 크레파스 색을 신중하게 골라 색칠에 열중하고, 또 물감을 혼합해서 다양한 색을 만드는 게 어찌나 재미있던지. 시간 가는 줄 모르고 종일 방에서 그리고 또 그렸다. 학교 다닐 때 늘 미술수업을 목이 빠져라 기다렸고, 집에 오자마자 도화지를 펴고 밤새 그림을 그리는 것도 예삿일이었다. 주말이면 친구들과 놀이터 바닥에 벽돌과 나뭇가지로 낙서하며 놀기도 했다. 왜 그렇게까지 재미있었는지 설명하기 어려우나 그런 경험들을 통해 재미가 살아가는데 얼마나 유익한지 알았던 듯싶다.

나에게 재미는 인생에서 중요한 부분을 차지한다. 그건 있어도 그만, 없어도 그만인 부차적인 요소가 아니다. 어떤 것을 선택하고 결정하는 데 있어 기준점이 된다. 삶을 꾸려가는 데 있어 동력이 된다. 재미가 없으면 의미도 없고 의욕도 생기지 않는다. 맥없이 무너지고 무료해진다. 삶에서 재미만 찾는 것도 이상하지만 재미를 못 느끼며 사는 삶은 위험하

조지 반 누필
「어린 예술가」
연도미상

다. 감히 말하건대, 오직 생존을 위해서만 사는 삶은 진정한 의미에서 삶이 아니다. 사람은 누구나 특별한 이유가 없는, 목적 밖의 삶이 필요하다. 애쓰지 않아도 잘하지 않아도 괜찮은 것, 열심히 하지 않아도 발전하지 않아도 상관없는 것, 그것만으로 좋고 즐겁고 행복한 것, 이런 것들이야말로 삶을 넉넉하고 윤택하게 한다.

재미라는 것은 참 묘하다. 재미는 재미 이상의 가치가 있다. 오락 행위나 놀이 활동에서 그치지 않는다. 한없이 몰두하고 노력하게 한다. 연거푸 이겨내고 나아가게 한다. 재미있다는 이유만으로 말이다. 아무도 시키지 않은 일을 흥미, 열정, 만족 등 본인의 재미에 의해 스스로 찾아서 하는 것이 참된 공부다. 우리를 즐겁게 하는 것이 우리를 넓고 깊게 만든다. 또한 인생에서 재미를 찾은 사람은 쉽사리 불행해지지 않는다. 이미 행복하기로 마음먹었기 때문이다. 그들은 자신의 재미에 따라 보고 느끼고 생각하고 움직이며 자신의 세계를 실현해간다. 그들은 스스로 무엇을 원하는지, 어떤 것을 좋아하는지, 언제 충만한지, 왜 행복한지를 아는, 적어도 알려고 힘쓰는 사람들이다.

재미란 삶을 사랑하는 적극적인 태도다. 가만히 있어도 삶이 항상 신나고 기쁘기만 한 사람은 없다. 나에게 맞는 재미를 찾는 일은 여러 시행착오를 감수하고, 많은 수고를 아끼지 않고, 지속적으로 용기를 낸 사람만이 얻을 수 있는 결실이다. 그들은 주저하지 않는 사람, 삶의 의의를 찾는 사람, 냉소보다 희망을 택한 사람, 견디며 살아남는 법을 아는 사람이다. 그리고 무엇보다 자신의 인생을 사랑하기로 결정한 사람이다. 그들은 비관하거나 원망하지 않고 본인의 시간을 살아간다. 흔쾌히 무모하고 당당하게. 삶에서 재미를 찾지 못하면 인생은 어이없게 흘러가고 말 것이다. 그러니 자기만의 재미를 담뿍 누리며 살아가기를. 인생은 한 번뿐이다. 최대한 즐겁게 사는 것이 삶의 본분이다.

# 빈티지 목걸이

애중하는 빈티지 물건이 몇 개 있다. 스무 살 언저리에 넘치는 체력을 무기로 프리마켓을 헤집고 다니며 손에 넣은 레트로 밀크글라스, 원래의 용도 대신 인테리어 소품으로 역할하며 선반 위에 고이 잠들어 있는 통조림통, 아빠의 낡은 서랍에서 발견한 유행 지난 가방, 몇 해 전 방브 벼룩시장에서 이것을 구입한 나를 칭찬해주고 싶은 은 소재의 앤티크 거울, 그리고 또 하나는 할머니가 엄마에게, 엄마가 나에게 물려준, 그러니까 세대를 초월해 대물림된 목걸이다. 엄지손톱만 한 골드 펜던트에 얼굴 모양이 새겨진 디자인으로 군데군데 흠집이 나고 살짝 변색되었지만 나에게는 귀하고 각별하다. 그저 오래된 물건이라서가 아니라 딸에 대한 엄마의 마음이 담겨 있기에.

빈티지의 가치를 결정하는 것은 사람의 마음이다. 흔하고 싸고 데데한 물건이라도 그것을 향한 마음에 따라 영롱하게 빛나는 존재가 될 수 있다. 누군가에게 볼품없어 보이는 장난감이 내게는 둘도 없는 친구일 수 있고, 누군가 쓰다 버린

프레데릭 칼 프리스크

「골드 로켓」

1917-1919년

골동품이 내게는 진귀한 예술품일 수 있는 것처럼. 상처 입고 헤지고 때 타고 얼룩진, 결함 있는 존재일지라도 면면히 사랑을 불어넣으면 새 생명을 얻는다. 되레 케케묵어서 새롭고 낡아서 멋스럽고 평범해서 특별한 세상에 단 하나뿐인 물건이 된다. 그 안에는 추억이 깃든 노스탤지어가, 그윽한 정취와 낭만이, 그리고 내 손으로 만들어가는 행복이 담겨 있다. 밀도 있는 세월의 더께만큼 숱한 이야기들이 쌓여 있다. 아니, 쌓여간다.

# 단골 카페

느긋하게 글을 쓸 요량으로 카페를 찾았다. 내게 카페는 차를 마시는 장소를 넘어 제2의 작업실이다. 창가 쪽 구석진 자리에 앉아 노트북을 펼치고 책과 노트를 가지런히 쌓은 뒤 커피 한잔을 마시는 것이 일정한 루틴. 볕이 좋을 때는 따스한 기운을 받으며 부지런히 손가락을 움직이고, 비 오는 날에는 창밖의 빗소리를 들으며 하염없이 무언가를 적어 내려간다. 글을 쓰지 않을 때는 틈틈이 독서하거나 간단히 스케치하기도 한다. 날씨와 계절의 변화에 따라 시시각각 풍경이 달라지고, 그로 인해 많은 것을 보고 듣고 느끼고 생각하니 최고의 명당이 아닐 수 없다. 같은 자리에 앉아 같은 일을 해도 어느 때는 다락방 같고, 어느 때는 서점 같고, 또 어느 때는 전망대 같기도 한 이곳을 어찌 사랑하지 않을 수 있을까.

그러고 보면 이 카페와의 인연도 오래되었다. 처음에는 정직한 커피 맛에 반해 찾다가 다음은 디저트에, 그다음은 음악 선곡이 좋아 단골이 되었는데, 수년간 방문 중임에도 질리지 않는다. 적당히 유행을 따르되 일정한 분위기를 유지하

후지타 쓰구하루
「카페에서」
1949년

는 것이 쉽지 않을 텐데 주인의 정성과 노력이 느껴진다. 최고로 빛을 발하는 건 한쪽 벽에 자리한 그림액자다. 지난달에는 윌리엄 스코트William Scott가, 이달에는 밀턴 에브리Milton Avery의 그림이 걸려 있는데, 그림을 활용하는 방식과 태도에 매번 놀란다. 단지 인테리어 소품으로 그림을 사용하는 게 아니라 신념과 철학이 보인다랄까. 그림의 주제나 숨은 이야기를 통해 카페의 성격을 드러내고 독특한 개성을 보여준다. 정교하면서도 편안하고 깊으면서도 가벼운, 더할 나위 없다.

인연이라는 건 사람과 공간 사이에도 존재한다. 누군가에게 마음을 주고 시간을 쌓으며 계속해서 관계를 유지해가는 것처럼, 공간도 세월을 공유한 만큼 우애가 깊어지고 상호 영향을 미치며 같이 나이 들어간다. 공간에 깃든 정서, 각종 사연들, 의자에 난 상처까지도 서로의 것이 된다. 또한 한 공간에 오래 머물러본 사람은 안다. 사람이 공간을 바꾸기도 하지만 공간이 사람을 바꾸기도 한다는 것을. 나의 생각과 감정을 변화시킨 곳, 미약하게나마 성장할 수 있게 해준 곳, 나아가 삶을 보다 더 풍성하게 만들어준 곳. 인생의 많은 부분을 함께한 귀중한 장소이기에 사라지지 않고 오래오래 자리하기를 바랄 뿐이다. 앞으로도 잘 부탁한다.

# 아이스크림

정류장에서 버스를 기다리다가 슈퍼마켓으로 향했다. 덥고 피곤하고 갈증 나서 아이스크림을 찾는데, 저 멀리 새하얀 아이스크림 통이 보였다. 아래가 훤히 내려다보이는 유리문을 좌우로 미는 형태로, 어릴 적 학교 앞에 있던 바로 그 아이스크림 통이었다. 하얗게 서리가 낀 상자에 얼굴을 처박고 손을 휘휘 저어 원하는 아이스크림을 고르던, 무더운 날이면 아이스크림을 찾는 척하며 얼굴을 깊이 넣어 잠시나마 더위를 식히던, 또 아이스크림을 만지다가 손이 시리면 문을 닫고 주먹을 꽉 쥔 채 한기를 달래던 냉동고.

안을 들여다보니 여러 종류의 아이스크림이 뒤죽박죽 섞인 사이로 친숙한 모습이 보였다. 와삭꽁꽁이었다. 내가 모르는 음지에서 여전히 생산되는지 확실치 않으나 지금껏 찾아 헤맨 바로는 단종된 게 분명한데 여기서 발견하다니! 기쁜 마음에 냉큼 하나를 집어 들었다. 황갈색 포장지에 살얼음이 잔뜩 껴 있는 모습이 반가웠다. 대부분의 아이스크림이 손가락만 해진 요즘 같은 시대에 큼지막한 크기도 그대로인

윌리엄 존슨

「아이스크림 판매대에서의 어린이들」

1939-1942년

게 문화재 같기도 했다. 이것으로 말할 것 같으면 냉동실에 한가득 쟁여놓고 하나씩 꺼내 먹으며 내 여름을 책임진 존재. 한번 먹기 시작하면 배가 살짝 아플 때까지 먹어야 직성이 풀리던 마성의 아이스크림이다.

포도 맛과 소다 맛도 있었으나 노상 내 선택은 커피 맛이었는데, 커피를 마시지 못하게 하는 어른들이 커피가 들어간 아이스크림에는 신기할 정도로 관대했던 까닭이다. 아무튼 그 맛을 잠깐 설명하자면, 부드럽고 쫀득한 아이스크림 안에 얼음 알갱이가 조밀하게 들어 있어 씹을 때마다 청량감을 주는, 이름 그대로 '와삭' 깨물면 '꽁꽁' 어는 듯한 느낌이었다. 아그작아그작 와일드하게 씹어 먹어도 맛있고 혓바닥으로 살살 핥아 먹어도 맛있어 당최 멈출 수 없는 맛. 별로 달지 않아 질리거나 느끼하지 않고 다 먹은 후에도 입안이 텁텁하지 않은, 깔끔하고 시원한 맛이 절품이었다.

그렇게 그때의 맛을 떠올리며 아이스크림을 들고 정류장으로 돌아오는 길, 묘한 기분을 떨칠 수 없었다. 생각보다 아이스크림이 맛이 없었기 때문이다. 오래되어서 상태가 좋지 않았을 수도 있고 그동안 내 입맛이 변했을 수도 있겠지만, 정말 이상하게도 맛이 없었다. 왜 그럴까 하고 곰곰이 생각해봤는데, 지금 내 손에 아이스크림만 쥐어져 있을 뿐 커다란 냉동고가 있던 슈퍼는 문을 닫았고, 슈퍼 아저씨와 함께 동네는 사라졌고, 아이스크림을 나눠 먹던 친구들도 이제는 내 옆에 없었다. 나는 아이스크림이 아니라 아이스크림 하나면 충분했던 그때의 나를 그리워한 것이다. 그 시절을 사랑한 것이다.

# 길티플레저

잡지에서 '길티플레저Guilty Pleasure'라는 단어를 보았다. 무슨 말인가 싶어 찾아보니 '죄의식을 동반하지만 했을 때 즐거운 일'로, 죄책감이 들어도 끊을 수 없는 무언가를 뜻하는 신조어였다. 거부할 수 없는 치명적인 매력, 혼자만의 은밀한 즐거움, 달콤한 원수 같은 것들. 그러니까 간단히 말해, 황홀한 죄책감이다. 곧장 지인들에게 각자의 길티플레저가 무엇이냐고 물었더니 다양한 답이 돌아왔다. '앉은 자리에서 도넛 한 박스 해치우기', '늦은 밤 포르노 보기', '운동 후 맥주 마시기', '피규어 시리즈별로 사 모으기', '주말 내내 아무것도 하지 않고 빈둥거리기', '공복에 믹스커피 마시기', '데스노트에 싫어하는 사람 이름 적기'와 같은 다채로움에 웃음이 터졌다.

나의 길티플레저는 책 구매, 더 분명히 말하면 사놓고 읽지 않은 책이 아닐까. 암만 책은 읽기 위해 사는 것이 아니라 산 것 중에 읽는 것이라고는 하나 좀 심각한 수준이다. "이건 머지않아 절판될 것 같으니까 빨리 사야 돼", "이건 한정판

/ 코지마 토라지로 「책 읽는 여인」 1921년

이라서 지금이 아니면 구할 수 없어", "이건 소장할 만한 가치가 있어", "이건 디자인이 너무 예쁘네"와 같은 각종 이유와 구실을 만들어서 사고 또 산다. 심지어 해외에 나갈 경우 현지 서점에 들러 무슨 글자인지 알아볼 수도 없는 책을 구입할 때도 있고, 이상한 의무감으로 좋아하는 책의 원서와 각 나라의 번역본을 모으기도 하며, 소지하고 있는 책을 재차 사들인 적도 많다.

가끔씩 중고서점에 처분하거나 주변인들에게 나누어주고 때로는 그냥 버리기도 하지만 시간이 지나면 어느샌가 또 책이 쌓여 있다. 상황이 이렇게 된 데에는 이곳저곳에서 보내준 책도 한몫하지만 역시 주범은 나다. 물론 책을 많이 사는 게 나쁜 것은 아니나 지나치면 부작용이 생기기 마련. 무엇보다 공간이 포화상태라는 것이 문제다. 책 때문에 일상생활이 불편하면 안 되지 않겠는가. 아무튼 내게 책 구매는 소유욕이나 집착이라는 단어로는 설명되지 않는 일종의 천연 진통제로, 죄와 면죄를 동시에 받는 기분이다. 사실 지금도 장바구니에 넣어둔 책이 한가득인데…… 이제는 그만 사야겠지? 그러니 마지막으로 한 권만 더 구입하고.

# 봄의 식탁

겨우내 잃었던 입맛을 되살릴 수 있는 건 모름지기 음식이다. 식탐이 강한 편은 아니지만 제철음식에는 유달리 집착한다. 제철음식은 단순히 음식이 아니라 일정 부분 신성적인 성격을 띤다. 특히나 봄에 먹는 음식은 생명의 에너지를 머금고 있어 매서운 추위 탓에 움츠러든 몸과 마음을 깨우고 기지개를 켜게 한다. 자연의 충만한 원기로 시르죽어가는 정신에 생기를 불어넣고 활기를 되찾게 한다. 좋아하는 봄철 음식은 내리 나열할 수 있다. 빨갛고 탐스러운 딸기, 싱싱하고 푸르른 봄동, 향긋한 두릅, 윤기가 자르르 흐르는 선홍빛 참다랑어, 뽀얗고 큼직한 키조개, 알이 꽉 찬 주꾸미……. 그중에서도 하나를 꼽자면 단연 멍게다.

멍게를 제쳐두고 봄을 말하기는 어렵다. 어떤 방식으로 즐기든 봄을 느끼기에 모자람이 없는 음식이다. 싱싱한 멍게회는 그 자리에서 게 눈 감추듯 먹어치울 정도로 애중하는데, 물컹하면서도 조직감이 살아 있는 식감이 좋고, 쌉쓰름하면서도 달큼하고 짭조름하고도 담백한 맛이 기가 막히다.

오귀스트 르누아르

「보트 파티에서의 오찬」

1880-1881년

'바다의 파인애플'이라는 별칭처럼 돌기가 난 껍질 부분을 오독오독 씹다 보면 스트레스가 날아가고, 처음에는 식재료 본연의 맛을 즐기다가 새콤달콤한 초고추장을 듬뿍 찍으면 또 다른 기쁨을 맛볼 수 있다. 멍게 비빔밥을 쓱쓱 비벼 입안에서 음미하다 보면 향긋한 바다향이 하염없이 넓게 퍼지고, 김이 모락모락 나는 흰쌀밥에 숙성된 멍게젓을 올려 한입 가득 넣으면 세상을 다 가진 듯하다.

먹는 일은 중요하다. 인간은 태어나서 죽을 때까지 먹는다. 먹음으로써 살아가고 먹는 것은 우리의 모든 게 된다. 살과 뼈, 피와 근육, 머리카락, 손톱 등 신체를 구성하고 체력이나 정신력, 마음상태까지 좌우한다. 기력을 회복하고 정신을 고취시키며 영혼을 풍요롭게 한다. 생활 속 에너지가 되고 매일의 일상을 지배한다. 음식의 유형에 따라 식탁 풍경이 달라지듯 어떤 음식을 먹느냐에 따라 삶은 달라진다. 하나를 먹더라도 내가 좋아하는 맛으로, 지금이 아니면 맛볼 수 없는 메뉴로 먹는 즐거움을 느끼는 것은 실로 가치 있는 행위다. 누구에게나 음식이 주는 행복을 누릴 자기만의 아람치가 있다.

# 하늘 있는 방

새로 이사한 방에서 하늘이 보인다. 천창을 통해 하늘 풍경이 한눈에 들어오는데, 침대에 누워서 그 모습을 바라보면 하늘 아래 있음을 실감한다. 하늘을 나는 느낌이라고까지 하기에는 과장이지만 하늘과 정면으로 마주한 기분이다. 요즘은 날씨 관찰에 빠져 있다. 눈이 시릴 정도로 새파란 하늘, 부슬부슬 내리는 이슬비, 지척을 분간할 수 없을 만큼 자욱한 안개, 하늘에 구멍이 난 듯 퍼붓는 빗줄기, 그리고 꾸덕한 크림치즈를 발라놓은 것 같은 새털구름을 가만히 지켜본다. 시시때때로 변하는 하늘에 마음을 싣다 보면 다채로운 형태만큼이나 다양한 정감을 얻는다.

인생은 날씨와 같다. 어떤 날은 눈부신 하늘이 세상을 밝게 비추다가도 어떤 날은 먹구름이 몰려와 두터운 그늘을 드리운다. 어떤 날은 뜨거운 태양빛이 내리쬐다가도 어떤 날은 짙은 안개가 껴서 아무것도 보이지 않는다. 또 어떤 날은 돌풍과 함께 별안간 천둥번개가 치거나 예고 없이 우박이 쏟아지기도 한다. 그러나 그것 때문에 절망하거나 두려워할 필

찰스 커트니 커란

「언덕 위에서」

1909년

요는 없다. 또 어떤 날은 거짓말처럼 구름이 사라지면서 푸른 하늘이 모습을 드러낼 테니. 맑은 날이 있으면 흐린 날도 있고 비가 내리거나 바람이 불 때도 있는 법. 변화무쌍한 날씨만큼이나 인생도 때로는 즐겁고 때로는 힘든, 그런 날들의 연속이다.

# 내 멋대로 샐러드

샐러드를 자주 먹는다. 집에서도 외식할 때도 여행을 가서도 꼭 찾는 것이 샐러드다. 한입 크기로 자른 로메인 상추에 파마산 치즈를 솔솔 뿌린 시저 샐러드는 도무지 거부할 수 없고, 실처럼 가늘게 썬 양배추에 고소한 참깨 드레싱을 부은 양배추 샐러드는 거의 끼니마다 챙겨 먹는다. 진한 풍미가 느껴지면서도 담백한 맛이 일품인 카프레제 샐러드는 최고로 애중하는 메뉴다. 맛도 맛이지만 샐러드의 핵심은 뭐니 뭐니 해도 아름다운 자태다. 종류에 따라 약간의 차이는 있으나 싱그러운 초록에 빨갛고 하얗고 노란 식재료들이 조화롭게 어우러진 모습은 시각적인 면에서 그 자체로 훌륭하다. 거기에 각종 드레싱을 곁들이면 완벽한 균형감을 이룬다.

눈에 보이는 아름다움이 입으로 전해지기까지는 오랜 시간이 걸리지 않는다. 알록달록한 채소를 입안 가득 넣어 우거적우거적 씹으면 싱싱한 에너지가 육체의 감각을 깨우고 태양의 기운이 온몸으로 퍼진다. 무조건적으로 건강해지는

윌리엄 헨리 마겟슨 「주부」 1930년

데다가 몸도 마음도 정신도 두루 만족시키니 이보다 은혜로운 음식이 없다. 죄다 갖추어져야 하는 것도 아니다. 재료가 없으면 다른 것으로 대체하거나 생략해도 된다. 있으면 있는 대로, 없으면 없는 대로 나름의 방식으로 즐기면 그만이다. 모자라면 모자란 대로 받아들이고, 넘치면 넘치는 대로 감사하게 먹으면 된다. 내 마음대로, 내 멋대로 뭐든 할 수 있는 음식. 샐러드에는 그런 효용이 있다.

# 축구의 세계

축구를 사랑한다. 어릴 적부터 주말이면 가족들과 함께 축구 경기를 시청했고, 매일 저녁 TV 만화 「축구왕 슛돌이」를 애청하며 볼만 있으면 외롭지 않다던 슛돌이를 격려했다. 달력에 축구 일정을 빼곡히 적고 꼬박꼬박 챙겨 볼 정도로 열정이 컸는데, 새벽에 일어나 월드컵 중계를 보거나 밤새 프리미어리그 경기를 보다가 아침을 맞이하곤 했다. 최초로 경기장에 간 건 열 살 무렵. 친구와 나란히 팀복을 맞춰 입고 뜨겁게 성원한 일, 총애하는 선수의 영상을 비디오로 녹화해서 돌려 본 일도 떠오른다. 그녀와는 요즘도 종종 축구장에서 만나는데, 달라진 게 있다면 경기를 보면서 마시는 음료가 콜라에서 맥주로 바뀐 정도일까. 축구에서 시작해 축구로 끝나는 우리의 대화는 현재진행형이다.

왜 이토록 축구가 좋은지에 대해 생각해본다. 화려하고 풍성한 볼거리, 치밀한 전략과 전술을 보는 재미, 누군가를 열렬히 응원하는 기쁨, 짜릿한 승리의 쾌감 등 그 이유는 여러 가지가 있겠지만 골자는 정당한 게임 같다. 편법 쓰거나 꼼

크리스 제닝스

「비아 골도니, 밀라노」

1908년

수 부리지 않고 막무가내로 억지 쓰지 않고 공평한 규칙 속에서 건강하게 겨루는 정정당당한 싸움. 떳떳하게 이기고 깨끗하게 지는 공명정대한 스포츠. 목적을 이루기 위해 수단과 방법을 가리지 않고 적당히 눈을 피해 반칙을 저지르고 서로에게 책임을 미루거나 잘못을 발뺌하는 모습을 축구에서만큼은 보고 싶지 않다. 설혹 그것이 내가 응원하는 팀일지라도. 어쩌면 나는 축구를 통해 공정한 세상에 대한 환상을 투영하는 것이 아닐까. 실제로 본 적 없는 세계를 축구라는 완전한 세계 속에서 보상받고 싶은 건지도 모르겠다.

# 세상의 모든 파랑

온종일 이 그림만 생각했다. 한동안 내 책상맡에 걸어두었던 그림. 가슴이 답답할 때, 마음의 환기가 필요할 때, 어딘가로 훌쩍 떠나고 싶을 때마다 꺼내 보는 그림. 바실리 칸딘스키Wassily Kandinsky의 「스카이 블루」다. 「푸른 하늘」이나 「하늘색」으로도 불리는 이 그림은 칸딘스키가 파리에서 활동하던 시기에 그린 것으로, 미시세계에 대한 추상성이 반영된 작품이다. '추상화의 창시자'로 일컬어지는 그답게 여러 가지를 떠올리게 하는데, 푸른 바다에서 다양한 플랑크톤이 자유롭게 헤엄치는 듯하고, 폭죽이 터지며 하늘에서 떠들썩한 페스티벌이 펼쳐지는 듯하다. 기하학적인 형태들이 고대 상형문자를 연상시키며, 유기적이고 역동적인 움직임에서 오케스트라의 다이내믹한 연주가 들리는 것 같기도 하다.

마음을 끄는 건 단연코 색이다. "색채는 영혼에 직접적인 영향을 미치는 수단"이라고 칸딘스키가 말한 바 있듯이, 그는 색으로 자신의 감정과 느낌을 표현했다. 파랑주의보가 내리는 듯 화폭 전체에 푸른 물결이 휘몰아치고, 보기만 해도

바실리 칸딘스키
「스카이 블루」
1940년

온몸이 시원해지는 기분을 선사한다. 캔버스를 물들인 옅은 하늘색이 보는 이의 마음을 매혹하고, 깊은 곳까지 비칠 것 같은 청정한 물빛이 끝 간 데 없는 세계로 빠져들게 한다. 미묘한 심상을 불러일으킴으로써 줄곧 무언가를 떠올리게 한다. 구름 한 점 없이 청아한 여름 하늘, 선선한 산들바람, 퐁당 뛰어들고 싶은 바다, 저 멀리 가마아득한 수평선 등등. 세상의 중심에서 파랑을 외치는, 블루의 향연이다.

# 어른을 위한 동화책

조카의 선물을 사러 동네 책방에 갔다가 내 것만 잔뜩 구입하고 말았다. 한 권씩 한 권씩 고르다 보니 어느새 품에 안은 책 꾸러미들. 나는 이따금씩 동화책을 산다. 어릴 때 책은 잘 안 읽어도 동화책이나 그림책은 친애했는데 그 습관이 여태 이어지고 있는 셈이다. 아마 그 시절 나는 글자보다 이미지를 좋아하고 모노톤보다 컬러풀한 색에 끌렸던 듯싶다. 아니, 그저 예쁜 그림이 마음에 들었는지도 모른다. 이렇다 보니 좋아하는 동화책이 제법 많은데 여기에 다 쓸 수는 없고…… 오늘 구매한 사토 신의 『빨강이 어때서』 중에 인상적인 장면이 있어 잠시 소개할까 한다. 하얀 엄마 고양이와 까만 아빠 고양이 사이에서 태어난 빨강이가 자신의 정체성에 대해 혼란스러워하는 대목으로, 현실세계를 적나라하면서도 서늘하게 보여준다.

"밀가루를 온몸에 뿌리면 하얘질지 몰라!"

하양이가 하얀 밀가루를 좌르르.

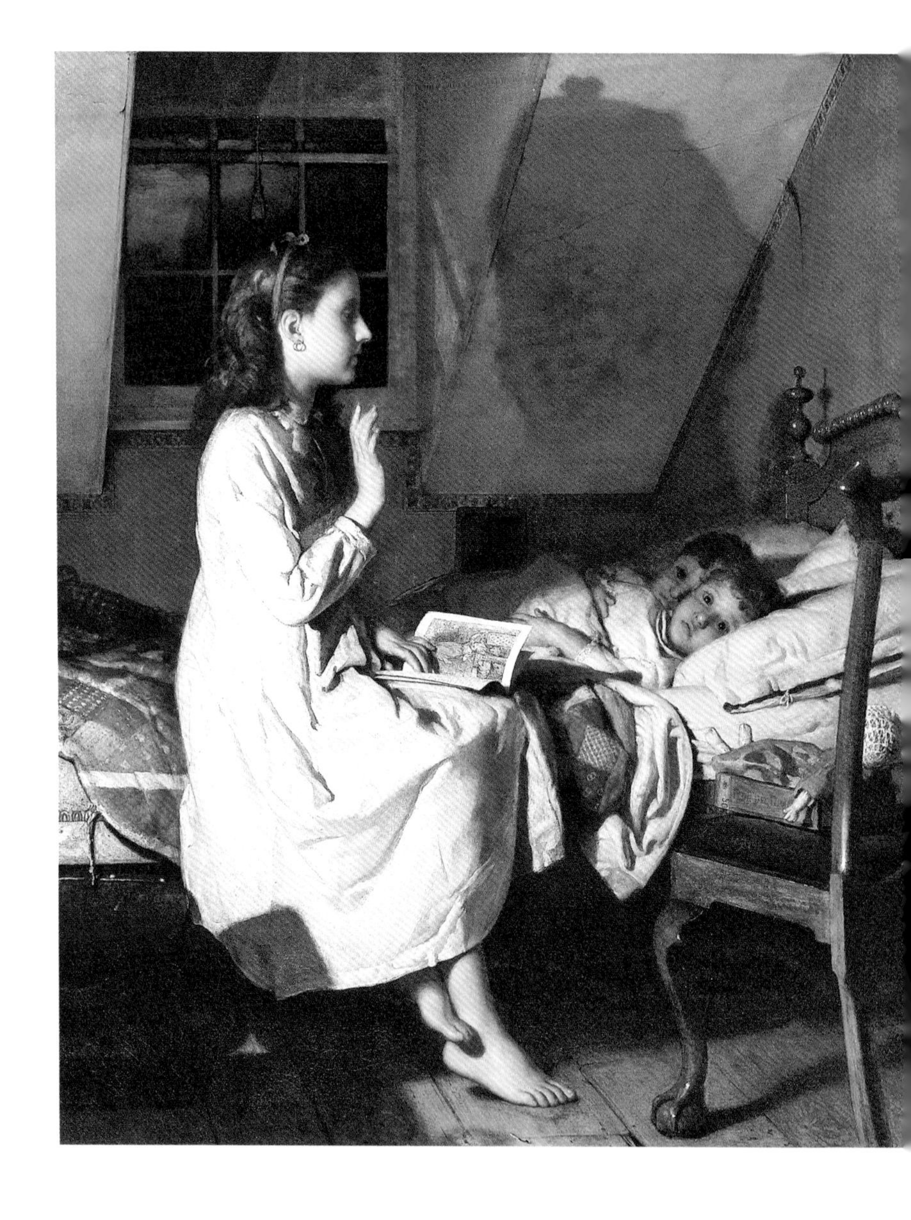

세이무어 조셉 가이
「골디락스의 이야기」
1870년경

그 바람에 콧속으로 밀가루가 들어와 콜록콜록.
난 하얘지고 싶지 않았어!

"진흙 속에서 놀면 까매질지 몰라!"
까망이가 까만 진흙을 덕지덕지.
그러자 온몸이 얼룩덜룩.
난 정말 까매지고 싶지 않았어!

"페인트로 무늬를 그려 넣자!"
줄무늬랑 얼룩이가 페인트로 쓱싹쓱싹.
하지만 내 예쁜 빨간 털이 엉망진창.
난 줄무늬도 얼룩이도 되고 싶지 않았어!

동화책은 아이들의 전유물이 아니다. 어른에게도 동화책이 필요하다. 짧은 분량에 간단한 어휘로 이루어져 있어 술술 읽히고 이해하기 쉽지만 상징하는 의미는 결코 가볍지 않다. 묵직한 주제가 담겨 있고 탁월한 통찰을 보여주며 진지한 질문과 사유를 이끌어낸다. 의미심장한 대화 속에 숨겨진 뜻을 찾아내는 기쁨이 있고 재기발랄 이야기에서 오는 해학과 가르침이 있다. 날것 그대로의 순수함은 아찔한 감동이 되고 신선한 관점에서 세상을 바라보도록 한다. 페이지를 가득히 메운 그림, 짤막한 대사 혹은 아예 없는 글씨, 기발한 상상력과 풍부한 삽화, 알록달록한 색깔, 맛깔스러운 의성어, 그리고 의도하지 않은 데서 오는 메시지. 그렇게 한 장 두 장 무심히 책장을 넘기다 보면 마음을 툭, 건드린다. 때론 동화책이 더 깊은 말을 한다.

# 여름 예찬

여름 하면 떠오르는 장면이 있다. 대지를 촉촉이 적신 소나기, 부서지는 햇빛의 디테일, 비현실적으로 푸른 바다, 폭포수처럼 쏟아지는 햇살, 아치를 그리는 무지개 등등. 더 이어가자면, 물방울이 송골송골 맺힌 냉커피, 선풍기 날개 돌아가는 소리, 얼마간 방치된 우산도 익숙한 광경이다. 탐스럽게 영글어가는 청포도와 수분 머금은 수박, 얼음 동동 띄운 화채도 놓칠 수 없는 묘미이고, 기력보충을 명분 삼아 먹는 삼계탕이나 한밤중에 보는 공포영화, 텐트 속에서의 하룻밤, 그리고 바람을 가르는 드라이브도 여름이 주는 최상급의 기쁨이다.

이렇듯 여름이 좋은 이유는 한두 가지가 아니지만 최고의 매력은 덥다는 것이 아닐까. 더워서 힘든 날도 있지만 덥기 때문에 가능한 일도 많다. 더위가 없다면 벌컥벌컥 들이켜면 뼛속까지 시원해지는 냉수의 맛도 모를 것이고, 얼음장같이 차가운 계곡물에 뛰어들어 자유롭게 헤엄치는 재미도 느끼지 못할 것이다. 서늘한 나무 그늘에서 독서하는 즐거움이나

프레데리크 바지유
「물놀이(여름 장면)」
1869년

운동으로 땀 흘린 후에 하는 샤워의 개운함도, 또 한낮의 열기가 물러난 뒤 찾아오는 밤 산책의 여유도 알지 못할 것이다. 더위야말로 여름을 가장 여름답게 한다.

우리를 괴롭히는 것이 우리를 행복하게 한다니 어쩐지 아이러니하지만 또 한번 생각해보면 얼마나 다행인가. 때론 싫은 이유가 좋은 이유가 되고 고난이 선물이 될 때도 있다는 건 고통과 절망으로부터 조금은 멀어지게 한다. 당장 힘들고 지치더라도 그 안에서 낙을 찾다 보면 견딜 수 있다는 사실을 깨닫게 하고, 긍정의 회복을 넘어 삶의 모순과 복잡성에 관해서도 이해할 수 있게 된다. 소중한 교훈을 알려주는 계절의 한복판, 그렇게 여름의 절정이 지나고 있다. 이마에 흐르는 땀방울이, 찰락이는 계곡의 잔물결이, 바닥에 고인 빗물이 태양과 함께 반짝인다. 눈부신 여름이 부풀어 오른다.

# 연필

사각사각. 연필 소리가 들린다. 연필심이 종이 표면을 그으며 내는 소리. 힘을 빼면 부드럽게 스치듯 지나가고 힘을 주면 단단하게 부딪치며 흔적을 남긴다. 그 소리가 정답고 포근하다. 나는 연필을 무척 좋아한다. 쓱싹거리는 필기감, 깎을 때 되살아나는 나무 향기, 꽃처럼 피어나는 부스러기, 손에 잡히는 그립감, 기다란 형태, 그러니까 연필 그 자체. 십여 년째 쓰는 수동식 연필깎이가 책상 한쪽에 자리하고 있고, 연필의 용도마다 전용 커터 칼이 마련되어 있다. 자주 쓰는 연필은 연필꽂이에, 새 연필은 연필통에, 나머지는 연필 수납함에 보관하며, 길이가 짧아진 몽당연필은 한 데 모아 투명한 언더락 잔에 꽂아둔다. 편하게 끼워 쓸 수 있는 연필깍지와 함께.

연필과의 추억도 많다. 부모님이 생전 처음으로 사준 미술용 연필도 생각나고, 이사할 때 연필통을 통째로 잃어버려서 상실감이 컸던 일도 떠오른다. 해외 사이트에서 극적으로 구한 연필도, 소위 '덕질'의 시작이었던 빈티지 연필도 아껴 쓰

조지 클로젠
「학생」
1908년경

고 있고, 지인이 선물해준 기묘한 모양의 수제 연필도 잘 간직하고 있다. 각양각색의 사연을 지닌 연필 하나하나를 들여다보면 애정이 더욱 커진다. 메모할 때, 그림 그릴 때, 밑줄 그을 때, 낙서할 때 언제나 필요한 것은 연필. 연필에 대한 애착은 변치 않을 것 같다.

누구나 가지고 있을 정도로 흔하고 싸고 다루기 쉬운, 그래서 대단하거나 자별하다고 인식되지 않는 평범한 존재, 이 자그마한 사물은 놀라운 힘을 지니고 있다. 한번 손에 쥐면 어떤 것이든 쓰게 하고 여러 방향으로 전진하게 한다. 언제든 수정할 수 있기에 완벽주의에서 벗어나게 하고 한없는 자유와 잠재력을 선물한다. 인류 역사상 가장 오래된 필기구답게 긴 세월 동안 자신의 역할을 의젓이 해온 연필은 우리에게 말한다. 한 번쯤 실수해도 괜찮다는 것, 틀리면 지우고 다시 시작하면 된다는 것, 무엇이든 가능하다는 것. 연필 한 자루에 철학이 있고, 위로가 있고, 인생이 있다.

## 도시 생활자의 물건

도시에 살면 필요한 물건들이 있다. 이를테면 모닝콜을 해주는 알람시계, 출퇴근길을 책임지는 대중교통, 음악을 실어 나르는 이어폰, 생활의 편리함을 주는 신용카드, 믿음직한 스마트폰, 우직하고 잘생긴 텀블러, 일상의 오아시스가 되는 카페, 인터넷 와이파이, 웬만한 건 다 있는 편의점, 안전을 보장하는 도어록, 아이디와 비밀번호, 사생활 보호를 위한 커튼, 적적함을 달래는 텔레비전, 이메일과 메신저, 느슨한 네트워크. 그리고 하나를 추가하자면, 편안한 신발이다.

도시에서 태어나 오늘날 이때까지 도시에 사는 도시형 인간인 내게 편한 신발은 생필품 중의 생필품이다. 살바도르 달리Salvador Dali가 리본으로 묶는 에스파드류를 즐겨 신었고, 파블로 피카소Pablo Ruiz Picasso가 자연주의 슬립온인 에스파솔의 티레이를 착용한 채 도심을 거닌 것처럼. 아닌 게 아니라 역사적으로도 신발은 도시의 역사와 맞닿아 있다. 포장도로가 없던 과거의 보도는 조금만 비가 와도 진창이었는데 발이

월터 웨슬리 러셀

「신발 끈을 묶는 여자」

1910년경

빠지지 않도록 하기 위해 덧신과 나막신이 개발되었고, 거리에 배설물이 쌓여 걸어 다니기가 힘들었던 중세 대도시 프랑스에서 하이힐이 발명된 것은 필연적이었다.

'도시의 탐험가'로 불리는 소설가 조르주 상드가 "파리의 보도 위에 있는 나는 얼음 위에 있는 배와 같다"며 연약한 신발에 대해 언급했듯이 도시 발전과 함께 신발은 실용적인 도구로 변모했으며, 이탈리아 북부 도시 비제바노에서 구두산업이 시작되고 신발 공장이 생긴 곳을 중심으로 도시가 형성되었듯이 근대도시는 신발 산업으로 경제발전을 이룩했다고 해도 과언이 아니다. 또 미국 드라마 「섹스 앤 더 시티」에서 뉴욕을 거닐던 캐리가 '도시 신발의 신화'라고 칭한 메리제인 구두가 상징하는 것처럼 문명화된 도시에서 신발은 유행의 첨단을 걷는 아이템이자 도시인의 동반자였다.

신발의 형태나 기능은 시대에 따라 바뀌었지만 그 본질은 예나 지금이나 다르지 않다. 걷기 위한 것. 바퀴가 있어야 자동차가 굴러가듯 움직여야 사는 도시인에게 신발은 생명과도 같은 존재다. 발을 보호하고 지켜줌으로써 순조로이 걷게 하는 신발은 목적지까지 안전하게 데려다주고, 가고 싶은 방향으로 나아가도록 이끈다. 오늘도 나는 아침이면 반짝거리는 구두와 함께 거리를 나서고, 날이 지면 폭신한 운동화를 신고 아름다운 도시를 산책할 것이다. 내 발에 꼭 맞는 신발한 켤레만 있으면 어디든 갈 수 있다는 믿음으로. 그런 의미에서 신발은 반쯤 구원의 대상이다.

## 삶의 여백

나는 어째서 이토록 호수를 사랑하는 것일까. 푸르른 에메랄드 물빛에 왜 내 마음은 요동치는 것일까. 시야 가득 펼쳐진 수평선은 어찌하여 내 영혼을 충만하게 만드는 것일까. 물에 비친 햇살은 무슨 까닭으로 나를 슬프게 하는 것일까. 또 부드럽게 일렁이는 파동에서 나는 알 수 없는 포근함을 느끼는 것일까. 물감 칠한 종이를 반으로 접은 듯 하늘과 호수가 데칼코마니를 이룬 풍경을 보고 있노라면 잠시 멈추게 된다. 생래적인 고민들을 일체 정지하고 그 자리에 서 있게 된다. 그곳에는 낭만적인 무료함이, 비할 데 없는 여유로움이 자리하고 있다. 꽉 찬 평화가 물결 따라 넘실거린다.

'호수' 하면 떠오르는 그림이 있다. 구스타프 클림트가 평화로운 호숫가를 묘사한 「아터제 호수의 섬」이다. 휴식을 위해 오스트리아 잘츠부르크 인근에 있는 아터제 호수를 즐겨 찾은 클림트는 이 그림 외에도 「아터제 호수의 리츨베르크」, 「아터 호숫가 운터아흐의 교회」, 「아테제 호수 근처 운터아크의 집」 등 그곳을 주제로 다수의 작품을 남겼다. 환상

구스타프 클림트
「아터제 호수의 섬」
1901년

적인 색채와 독창적인 표현력도 출중하지만 여백을 남긴다는 점에서 더욱 탁월한 그의 풍경화에는 사람이 없다. 원근법도 생략되어 있고 풍경마저 일부가 잘려 있다. 정사각형 화면 속에 담긴 자연의 여백. 그 빈자리에 더 많은 것이 담겨 있다.

조금의 빈틈도 없이 빽빽하게 채워진 그림은 감동은커녕 답답함만 전해줄 뿐이듯 삶에도 여백이 필요하다. 여백을 남긴다는 건 진짜로 중요한 것이 무엇인지 안다는 것, 즉 본질의 문제다. 본질을 아는 사람은 흔들릴지언정 무너지지 않는다. 어쩌면 클림트도 자기만의 고유한 질서를 지키기 위해 아터제 호수를 찾았던 것이 아닐까. 번잡한 도시 생활에 염증을 느낀 그에게 호수는 조용히 쉴 수 있는 휴식처이자 일상의 탈출구였을 것이다. 클림트처럼 세상이 아무리 시끄럽고 복잡해도 마음의 여백을 남길 수 있는 곳이 하나쯤 있다면, 그곳을 쉼터 삼아 살아가는 것도 좋겠다고 생각해본다.

## 반복의 미학

모드 루이스Maud Lewis의 전기 영화 「내 사랑」을 보았다. 그녀의 그림을 애호해서 영화로 제작된다는 소리를 듣고 손꼽아 기다렸는데 영화는 예상대로, 아니 예상보다 훨씬 훌륭했다. 아름다운 미장센을 기대했으나 외려 그보다는 이야기가 아름다운 작품이었다. 유독 마음을 끈 것은 마지막 장면. 모드와 에버렛의 실제 모습이 흑백 영상으로 등장한 뒤 그녀의 그림과 차례로 교차되는 엔딩 크레딧이 남긴 여운은 한동안 자리를 뜰 수 없을 정도로 감명 깊었다. 그들이 서로에게 스며들듯 영화를 보는 내내 사랑을 흡수하는 기분이었다. 그들은 서로를 사랑했고 관객들은 그들에게 사랑받았다. 그나저나 앞으로 이 영화를 얼마나 보게 될까? 아마 몇 번이고 반복할 것 같다.

나는 좋은 건 계속 관람한다. 편중 없이 다양한 장르의 영화를 즐기지만 미술을 주제로 한 작품을 특히 자주 본다. 당장 떠오르는 것은 화가를 소재로 만든 최초의 영화 「렘브란트」, 판위량Pan Yuliang의 파란만장한 삶을 담은 「화혼」, 오귀

유진 포렐
「프랑스어 무성영화 관객」
1914년

스트 르누아르Pierre-Auguste Renoir의 화풍을 고대로 재현한 듯한 「르누아르」, 빈센트 반 고흐의 그림을 바탕으로 제작된 유화 애니메이션 영화인 「러빙 빈센트」 등이 있다. 또 「세라핀」과 「프리다」, 「카미유 클로델」은 누차 보았고, 앤디 워홀Andy Warhol과 에디 세즈윅Edith Minturn Sedgwick의 실화를 다룬 「팩토리 걸」도 수없이 봤는데 이제는 대사를 외울 지경. 일일이 세보지 않아 횟수는 기억나지 않지만 수시로 찾아 보는 영화들이다.

영화를 반복해서 보면 많은 게 보인다. 처음에는 전체적인 줄거리만 파악할 수 있던 것이 세세한 장면에 주목하게 되고, 인물의 표정과 행동 하나까지 집중하며 놓쳤던 암시나 복선을 포착한다. 무심히 지나친 대사가 마음에 와닿아 울리고, 설명되지 않은 부분이 이해되기 시작하며, 전에는 알지 못한 심오한 뜻을 발견한다. 영화가 건네는 물음에 대한 답을 찾으면서 나만의 해석이 가능해지고 내 주변, 내 삶과 연관시켜 생각하게 된다. 하여 이전과는 전혀 다른 경험을 한다. 재시청으로 인해 더 넓게, 더 깊이, 더 다르게 볼 수 있게 되는 것이다. 반복, 반복, 또 반복. 그럴 때 영화는 관조의 대상이 아니라 삶을 재구성하는 힘이 된다.

## 밀어내고 채우기

왜 날이 가면 갈수록 좋아하는 것보다 싫어하는 게 많아지는지 모르겠다. 그건 아마도, 겁이 늘어서겠지. 싫어하는 게 많아질 때면 좋아하는 것들을 떠올린다. 새하얀 눈 위에 발자국 남기기, 신문지로 싼 들꽃, 방금 인쇄된 종이의 온기, 오래된 책 냄새, 크레마가 풍부한 커피, 연유 뿌린 딸기, 막 구운 깜빠뉴, 얼음 알갱이를 아작아작 씹어 먹는 것, 소도시의 한적함, 반짝이는 윤슬, 완만하게 호를 그리는 언덕, 살짝 올라간 눈썹과 낮은 음성, 짓궂은 장난들, 유머러스한 농담, 깊은 밤 책장 넘기는 소리, 통통하고 편안한 소파, 노란색 고양이, 보송한 솜털이불, 입안 가득 슈크림.

유쾌하지 않은 감정이 밀려올 때 이런 것들을 생각하면 마음이 한결 가벼워진다. 불쾌한 것들을 물리칠 수 있는 나만의 방식이다. 싫어하는 것을 억지로 없앨 수는 없다. 아무래도 싫은 건 싫은 것이다. 그건 어쩔 수 없는 것이다. 다만 싫어하는 것과 좋아하는 것 중 무엇에 집중하느냐에 따라 삶의 톤은 달라진다. 싫어하는 것을 밀어내고 좋아하는 것으로

펠리체 카소라티

「레드 카펫 위의 소녀」

1912년

일상을 채워가는 것이 내가 할 수 있는 최선이 아닐까. 나를 웃게끔, 꿈꾸게끔, 살고 싶게끔 만든 건 언제나 좋아하는 것들이었다. 좋아하는 게 많은 사람이고 싶다. 좋아하는 것을 좋아하며 살기에도 인생은 충분히 짧으므로.

# 나와 당신의 이야기

## 달리는 기차에서

취리히를 떠난 건 저녁 무렵이었다. 열차의 목적지는 베를린. 절친한 벗과 함께한 칠 년 만의 여행이었다. 객실에 들어가서 짐을 풀고 여기저기를 살피며 분위기를 파악한 뒤 창가 쪽에 자리를 잡고 앉았다. 요란한 경적 소리와 함께 곧 열차가 출발하고, 바퀴의 속도에 맞춰 황홀한 풍경들이 빠르게 지나갔다. 덜컹대는 기차 속에서 그날 우리는 끝없는 대화를 나누었다. 밤새는 줄도 모르고 와인을 홀짝홀짝 마시며. 웃겼던 일이나 슬펐던 일, 각자의 로망, 앞으로 하고 싶은 일, 열정 혹은 두려움, 약간의 무용담, 사소한 행복과 기쁨, 요즘의 이슈, 친구들, 비밀스러운 고백, 그 밖의 모든 이야기들.

돌이켜보면 그녀와 참 많은 것을 했다. 어느 날 갑자기 경주로 여행을 떠난 일, 학원을 땡땡이치고 몰래 영화를 보러 간 일, 괴상한 라면 요리를 만들어 먹은 일, 동강에 놀러 가서 원 없이 래프팅을 즐긴 일주일, 술을 마시며 펑펑 울던 비 오는 가을밤, 바닷가에 누워 새벽을 맞이하던 아침……. 어쩌

아우구스투스 레오폴드 에그

「여행 동반자」

1862년

년 지금은 할 수 없는 일들. 나름대로의 스펙터클한 사건과 우여곡절을 거듭한 그 시간 속에 그녀가 없었으면 어땠을까 생각하니 마음 한편이 아릿해진다. 삶의 과정에서 힘든 일도 적잖았지만 그녀 덕에 용기를 내고 쭉 도전할 수 있었던 게 아닌지. 더 많이 기뻐하고 웃을 수 있었던 게 아닌지. 새삼스럽지만, 누군가 함께라면 가능한 것이 있다.

## 그녀의 부엌

친구의 집에서 잠을 자다가 경쾌한 도마질 소리에 눈을 떴다. 그 소리를 따라 부엌에 가니 허리에 앞치마를 두르고 콧노래를 부르는 그녀의 뒷모습이 보였다. 아침부터 뭐가 저리 즐거운 것일까. 간단하게 인사를 건네고 식탁에 앉아 그녀를 바라보는데, 그녀 주변으로 느긋하면서도 분주한 공기가 감돌았다. 능숙한 손놀림으로 계란을 풀고 감자를 썰고 야채를 다듬는 동작들. 곧이어 아침상이 뚝딱 차려졌다. 갓 지은 밥과 알맞게 숙성된 김치, 황금색 감자조림, 부드러운 계란말이와 동그랑땡, 싱싱한 채소를 숭덩숭덩 썰어 넣은 된장국까지. 참으로 소박하고 정갈한 맛이었다. 절로 미소가 지어지는 맛. 딱 그녀를 닮았다.

식사를 마치자 부엌이 눈에 들어왔다. 직접 사포질해서 만든 도마가 벽에 걸려 있고 민트색 수납장이 자투리 공간을 채우고 있었다. 방금 설거지를 마친 그릇들이 물방울이 맺힌 채 일렬로 서 있고 선반에는 곱게 접은 냅킨과 소담한 접시, 정성으로 담근 효소들이 자리했다. 곳곳에 먹고 사는 생활의

해럴드 하비
「나의 부엌」
1923년

흔적이 묻어 있고 삶을 지속해주는 도구가 꽉꽉 들어차 있었다. 아기자기한 세간이 그녀의 살림 솜씨를 보여주고 손수 꾸민 인테리어에서 공간에 대한 애정이 느껴졌다. 거창하지도 화려하지도 않지만 마음 따스해지는 공간, 이 모든 것은 그녀가 일군 세계다. 그녀의 세계. 나는 그녀가 삶을 대하는 태도가 좋다. 그녀는 자신의 삶에 좋은 일이 생길 거라고 믿는 사람이다.

# 한 달간의 배낭여행

외장하드를 정리하다가 사진 한 장을 발견했다. 학부 시절 친구들과 한 달간 유럽 배낭여행을 했을 때의 모습으로, 파리 개선문 앞에서 찍은 사진이었다. 땀 흘려 아르바이트하고 얼마 되지 않는 장학금을 보태고 저금통 속 동전까지 탈탈 터는 등 할 수 있는 최대한의 방법으로 자금을 마련한 뒤 무작정 떠난 여행이었다. 하루 종일 걸어서 발에 물집이 잡히고, 돈이 없어서 과자로 끼니를 해결하고, 햇볕에 까맣게 타서 얼굴과 몸이 얼룩덜룩하고, 몸무게가 수 킬로그램가량 빠지며 고생이란 고생은 다 한 여행이지만 지금도 가끔씩 그때가 생각난다.

런던에서 한국 사람에게 사기당한 일부터 로마 지하철에서 같이 간 일행이 소매치기를 당해 경찰서를 찾은 일, 유스호스텔의 수챗구멍이 막혀서 물이 역류한 일이나 지퍼가 고장 나서 문이 열린 채로 캐리어 가방을 질질 끌고 다닌 일까지 온갖 사건 사고가 난무했던 당시를 떠올리면 웃음이 새어 나온다. 한없이 서툴고 아무것도 모르고 부족한 것투성이던

제임스 워커 터커
「도보 여행」
1936년경

사회초년생. 두려울 것 없이 행동했지만 실은 두려운 것 천지였던 시절. 실수하고 넘어지고 실패하는 일들의 연속이었으나 일단 부딪치는 것밖에 할 수 없던 시간들. 그 여행은 내게 많은 가르침을 주었다.

미미한 삶의 경험을 돌이켜보면, 여행은 젊을 때 하는 것이 좋다. 이왕이면 한 살이라도 어릴 때. 오랜 시간이 지난 후에 같은 곳을 간다고 해도 같은 것을 느끼는 게 아니듯 체력이 충분하고 비교적 시간이 남아 있을 때, 겁은 적고 호기심이 왕성할 때, 언제든 사랑에 빠질 준비가 되어 있을 때, 그러니까 미지의 세계에 자신을 선뜻 내던질 수 있을 때 하는 여행은 귀하고 귀하다. 감각의 촉수가 예민하게 작동하는 시절, 직접 세상에 뛰어들어 온몸으로 보고 듣고 느끼며 체득한 생생한 경험들은 마음에 떠도는 온기가 되어 남은 인생을 따듯하게 덥혀준다고 믿는다.

어떤 거창한 체험이 아니더라도 낯선 거리를 자유롭게 활보하고, 미술관에서 나른한 오후를 보내고, 분위기 좋은 바에서 음악에 취하고, 공원에 누워 일광욕을 즐기고, 노천카페에서 커피를 마시고, 산호초에서 물고기들과 수영하고, 또 밤하늘을 바라보며 별을 센 일은 마음 깊숙한 곳에 선명하게 각인되어 삶이 고단할 때 의지할 수 있는 버팀목이 되어준다. 살다 보면 길을 잃고 해매거나 돌부리에 걸려 넘어지는 일도 많겠지만 그런 추억을 가슴속에 지닌 사람은 그것을 밑천으로 삼아 자신의 삶을 슬기롭게 가꾸어간다. 인생을 배우는 데 있어 여행만큼 좋은 것도 없다.

# 홍차와 스콘

잉글리시 블랙퍼스트. 요즘 즐겨 마시는 홍차다. '영국의 아침을 여는 차'라는 뜻처럼 하루의 시작을 상쾌하게 열어주고 있다. 이 차는 밀크티로 마시기에도 좋지만 내 취향은 재료 본래의 맛을 음미할 수 있는 스트레이트 티다. 찻잔에 뜨거운 물을 붓고 브로큰 타입의 티백을 넣으면 붉은색 물감이 퍼져 나가듯 서서히 차가 우러나는데, 그 과정이 에밀 놀데Emil Nolde의 풍경화나 로니 랜드필드Ronnie Landfield의 서정추상을 보는 듯 황홀하다. 검붉은 수색이 강렬하면서도 각도에 따라 슬쩍슬쩍 드러나는 오묘한 빛깔이 신비롭다. 그리고 홍차 하면 빼놓을 수 없는 것이 있다. 바로 스콘. 이 둘의 조화는 가히 환상적이다.

그냥 먹어도 맛있는 스콘에 버터와 잼, 혹은 클로티드 크림을 발라 크게 베어 물고 홍차 한 모금을 곁들이면 이것은 진리, 천국이 따로 없다. 약간 뻑뻑하다 싶을 정도로 조밀하고 포슬포슬한 식감의 스콘이 홍차를 만나 촉촉하게 적셔지면 부드럽게 녹아내리면서 순식간에 사라지는 마술을 경험

윌리엄 맥그리거 팩스턴 「찻잎」 1909년 /

할 수 있다. 스콘의 고소한 맛과 홍차의 진한 향이 멋스럽게 어우러져 풍부한 풍미가 느껴지고, 자칫 입안에 남아 있을지 모르는 스콘의 텁텁함을 홍차의 알싸함이 말끔히 씻어준다. 서로 모자란 부분을 보완하며 함께할 때 더욱 빛나는 환상의 짝꿍, 홍차와 스콘은 찰떡궁합을 자랑한다.

문득 생각났는데 세상에는 홍차와 스콘 같은 관계도 있는 것 같다. 합이 맞는 사이랄까. 비슷한 성격이나 공통된 성향 때문만이 아니라 같이 있으면 시너지를 내고 절묘한 하모니를 이루는 한 인간과 한 인간의 어울림. 맞춤옷처럼 잘 어울리고 톱니바퀴처럼 꼭 맞아떨어지는 관계들. 또 때론 다르기에 오히려 조화를 이루고 부족하기에 서로를 채워주면서 완전체가 되는 존재들. 나이, 성별, 직업, 국적 등 여타 조건에 상관없이 상대에게 끌리고 공감하며 호흡할 수 있는 영혼의 동반자. 우리는 이런 사이를 두고 소칭 '소울메이트'라고 부르는 게 아닌지.

# 단 한 사람

에두아르 마네가 마네일 수 있는 건 누군가의 믿음 덕분이었다. 두말할 것도 없이 에밀 졸라다. 대다수의 인상파 화가에게 그러했듯 당시 아카데미는 마네에게 냉담하기만 했는데, 전통에 반기를 드는 그림으로 화단의 혹평에 직면했을 때 그를 옹호해준 이가 졸라였다. 발표와 동시에 문제작으로 낙인찍힌 마네의 「올랭피아」에 대해 졸라는 "화가의 살과 피를 담은 걸작"이라며 찬사했고, 마네가 개인전을 열자 전시회 팸플릿에 그를 변호하는 글을 쓰며 적극적으로 찬조하기도 했다. 또한 졸라는 미술비평서 『예술에 대한 글쓰기』에서 "우리는 지금 마네를 비웃고 있지만 우리의 아들들은 그의 그림 앞에서 넋을 잃고 있을 것"이라며 그의 눈부신 미래를 예견했고, 마네의 작품 세계와 삶을 조명한 전기 『에두아르 마네』까지 집필할 정도로 그의 진면목을 세상에 알리기 위해 애썼다. 가혹하리만치 비난받던 그에게 졸라의 지지는 각별할 수밖에 없었고 마네는 화답의 의미로 그림을 그려 선물했다. 그 그림이 졸라가 죽을 때까지 자신의 집 서

에두아르 마네

「에밀 졸라의 초상」

1868년

재에 걸어둔 「에밀 졸라의 초상」이다.

그림을 살펴보자. 마네의 아틀리에에 졸라가 앉아 있다. 그의 손에는 샤를 블랑의 책 『그림의 역사』가 들려 있고, 테이블 위에는 마네의 개인전 때 그가 우호적인 서문을 써준 팸플릿이 놓여 있으며, 에도시대 목판화인 우키요에와 디에고 벨라스케스Diego Rodríguez de Silva y Velázquez의 「술꾼들(바쿠스의 승리)」, 그리고 「올랭피아」가 벽에 보란 듯이 붙어 있다. 즉 이 그림은 졸라에게 바치는 헌사를 넘어 마네가 세상에 전하고자 한 메시지로, 그는 전통과 혁신을 상징하는 여러 이미지를 통해 자신의 그림은 전통을 더럽히는 행위가 아니라 전통을 토대로 새로움을 만들어내는 일이며, 미술계의 빛나는 미래를 열어가겠다고 화가로서의 포부를 강조한 것이다.

세상 모두가 비난할 때 유일하게 믿고 응원해준 사람. 마네에게 졸라는 어떤 존재였을까. 마네가 자신의 작품세계를 포기하지 않고 발전시켜 '인상파의 아버지'가 될 수 있었던 것은 졸라의 든든한 지지와 후원 덕택이라고 해도 과언이 아니다. 그들의 관계를, 아니 서로의 의미를 되새겨보면 사람을 이 세상에 붙잡아놓는 건 사회 전체, 세상 일반이 아닌지도 모른다. 누군지도 모를 불특정 다수의 세인이 아니라 내가 사랑하는, 나를 아껴주는, 내 주변의 몇 사람, 그들 몇몇으로 인해 사람은 살아가는 것이 아닐까. 산다는 건 그런 게 아닐까. 관계에서 중요한 것은 수보다 질이다. 나를 믿어주는 단 한 사람이면 사람은 살 수 있다.

## 타인의 삶

서울역에서 열차를 기다리고 있었다. 역사 안 벤치에 앉아 대기하는데 텔레비전 뉴스에서 청년실업 문제가 나오자 한 노인이 혀를 끌끌 차며 화면 속 청년을 힐난하기 시작했다. 그는 자신에게 타인을 비판할 권리가 있다고 확신하는 듯했다. 그 어떤 고민도 없이 누군가의 삶을 지탄하는 그를 보며 나는 잠시 망연자실해졌다. 그렇게 얼마간 격앙된 목소리로 언성을 높이던 그는 자신의 청년 시절 고생담까지 자랑하듯 털어놓았는데, 늘 그렇듯 젊을 때 고생이 축복인 것마냥 치켜세우는 이들은 대개 젊지 않은 인간이다. 인생이란 젊을 때 순탄하다가 늙을수록 험난해지는 게 아니라 젊으면 젊은 대로 늙으면 늙은 대로 저마다의 고통이 있는 게 아닌지. 고난 따위가 나이를 따져가며 계획적으로 올리가 없다.

비단 이 일뿐만 아니라 요즘 들어 부쩍 드는 생각인데, 자신이 이해할 수 없는 것에 관한 태도가 그 사람을 말해주는 것 같다. 우리는 때로 모르거나 익숙하지 않다는 이유만으

조지 클로젠

「울고 있는 젊은이」

1916년

로 남을 미워하고 비난한다. 나와 다르다는 이유로 지레 겁을 먹고 분노한다. 다 안다는 착각 속에 멋대로 단정하고 결론짓는다. 하지만 판단은 신중하게, 비판은 더 신중하게 하는 것이 좋다. 하루를 살아야 그다음 하루가 온다는 것과 내가 내 장례식에 갈 수 없다는 것 말고는 천차만별인 삶일진대, 감히 누가 누구의 삶을 평가하거나 판정할 수 있을까. 타인의 삶에 함부로 판관이 되는 일은 없어야 한다. 우리 각자는 모두 미지의 세계다.

# 솔직담백한 사람

솔직담백한 사람이 좋다. 더 엄밀히 말하면, 자신의 생각이나 감정을 솔직담백하게 표현할 줄 아는 사람. 이건 내면이 건강해야만 가능한 일이다. 생각해보면 열등감을 분노로, 질투심을 비아냥댐으로, 또 사랑을 폭력으로 표출하는 이들이 얼마나 많은가. 다 마음이 온전하지 않기에 생기는 일들이다. 속이 꼬여 있거나 의뭉스럽지 않은 사람, 알면 아는 만큼 말하고 모르면 모른다고 말하는 사람, 싫은 건 싫다고 분명히 언급하고 좋아하는 마음을 있는 그대로 전하는 사람, 그러니까 불필요한 가면을 벗어던지고 자기 자신을 보여줄 수 있는 사람이 좋다. 스스로를 인정하고, 타자에 공감하고, 세상을 이해하는 눈이 없으면 사실상 솔직담백하기란 불가능하다. 솔직담백한 사람은 아름답고 강인한 존재다.

악셀리 갈렌 칼렐라
「가면」
1888년

# 관계의 유통기한

어떤 관계에는 유통기한이 있다. 이유로 시작한 관계는 핑계로 끝나고, 목적에서 출발한 관계는 불필요로 버려진다. 영원을 맹세한 관계가 쉬이 마감될 수 있고, 운명적으로 만난 관계도 자연스레 끝날 수 있다. 특별히 싫거나 나빠서가 아니다. 누구의 잘못도 아니다. 아무리 좋은 식재료도 서로 상극인 음식이 있는 것처럼 각각 좋은 사람이어도 함께하면 맞지 않는 사이가 있다. 앨빈 토플러도 "진정한 대인관계 능력이란 대인관계를 끊는 능력"이라고 하지 않았던가. 이제는 알 것 같다. 관계의 유지가 반드시 관계의 최선을 의미하는 것은 아님을. 곁을 지키는 것이 전부는 아님을. 웃으며 작별하기로 한다. 어쩌다 잘못 만난 그대들이여, 모두 안녕하기를.

라몬 카사스

「야외 인테리어」

1892년

# 미술관에서 그림 그리는 사람들

미술관에서 그림 그리는 사람을 보는 것을 좋아한다. 그들의 모습을 바라보기 위해 미술관을 찾을 때도 있을 만큼. 알테 피나코테크의 기나긴 복도에서 미술관 내부를 크로키하던 여자, 레오폴드 미술관의 검정색 소파에 앉아 에곤 실레Egon Schiele의 그림을 모사하던 할머니, 로댕 미술관의 이층 창문 앞에 서서 조각상의 뒷면을 스케치하던 학생, 오랑주리 미술관에서 모네의 「수련」을 기다란 스케치북에 담아내던 남자, 내셔널 갤러리의 34번 전시실에서 나란히 이젤을 펴고 윌리엄 터너Joseph Mallord William Turner의 그림을 모작하던 노부부, 그리고 한 발짝 떨어진 곳에서 그들의 모습을 조용히 지켜보던 사람들까지. 그 순간들을 낱낱이 기억하고 있다.

한번은 루브르 미술관을 돌아다니며 노트 한 권을 드로잉으로 채우는 여자를 만난 적이 있다. 벌써 스물여섯 번째 방문이라며 그곳에서 그림 그리는 일이 즐겁다고 했다. 그러면서 부언하기를 "보다 나은 삶을 원한다면 손을 움직이는 것

루이 베루

「루브르 미술관에서 무릴료를 모사하는 화가」

1912년

이 최선"이라는 것. 그때 나는 삶에 대한 희망이 그리기의 본질이라는 사실을 새삼 깨달았다. 미술관에서 그림 그리던 사람들의 모습을 다시금 떠올린다. 그들의 진지한 표정과 몸짓, 멈춰 있는 자세, 분주한 손놀림, 고독하지만 자유로운 눈빛, 그리고 조금은 슬픈 뒷모습까지 상기하다 보면 마음이 그윽해진다. 그림을 통해 좋은 삶을 살고자 하는 인간의 선한 의지를 보는 듯해서. 느리지만 가장 확실한 감상인 그리기. 어떤 사람들은 손으로 그림을 감상한다.

# 노을 지는 저녁

세상에 나 혼자만 있는 것 같을 때가 있다. 밀려오는 쓸쓸함에 서글퍼질 때면 사위어가는 노을이 보고 싶다. 길을 나선 건 그즈음이었다. 해가 뉘엿뉘엿 저물어가는 저녁, 집 근처 언덕에 오르자 세상은 불그스름히 물들어 있었다. 서둘러 자리를 잡고 앉는데, 여린 딸기우유 빛 하늘이 관능적인 장미 빛깔로 번져가더니 모조리 불태워 버리겠다고 작정한 것처럼 온 세상을 핏빛으로 메웠다. 해가 떨어진 후에도 붉은빛이 얼마간 사라지지 않다가 차차 보랏빛으로 물들고, 불 구름의 운해가 흐르며 아련하고 환상적인 장면을 연출했다.

노을빛을 보고 있으면 그런 생각이 든다. 도처에 도사린 외로움도, 치사량의 슬픔도, 저 밑바닥에 숨은 우울감도 나를 망가뜨리지 못할 거라는 생각이. 마음을 뒤흔드는 불안도, 길들여지지 않는 분노도, 바닥 모를 비애나 가없는 고독도 나를 이기지 못할 거라는 생각이 든다. 모든 걸 감싸는 자연이 있기에 괜찮아질 거라고 다독여본다. 그렇게 지는 석양

/ 프레데리크 바지유 「핑크 드레스」 1864년

을 바라보며 이런저런 생각에 잠겨 있던 그때, 휴대폰 문자 알림 소리가 울렸다. 그냥 생각나서 연락했다는 친구의 메시지. 세상에 쓸쓸한 사람이 나 혼자만은 아닌 듯하다.

# 엄마와의 데이트

엄마와 데이트를 했다. 맛있는 식당에서 식사하고, 미용실에서 머리를 하고, 서점에 들러 책을 사고, 길거리에서 도넛을 나눠 먹고, 또 쇼핑하고……. 풀코스로 데이트를 즐겼다. 종일 엄마와 시간을 보내고 집에 돌아와 잠들기 전, 오늘 일을 차례로 떠올렸다. 아니, 엄마를. 엄마의 모습을. 눈가에 주름이 지도록 환하게 웃던 미소, 차분히 책을 읽던 옆모습, 신나게 이야기하며 들떠 있던 표정, 내 팔을 끌어당기던 손길, 잠깐 꾸벅꾸벅 졸던 얼굴, 두 번씩 되묻던 목소리, 그리고 약간 굽은 등. 그 순간 그런 생각이 들었다. 어쩌면 나는 아주 조금씩 천천히 혼자만의 이별을 준비하고 있는지도 모른다는 생각이. 언젠가 모든 게 그리워질 그날을 위해 추억을 쌓아가고 있다는 생각이. 먼 훗날의 나를 위해 엄마 없이 살아가는 법을 배워가고 있다는 생각이. 왜 자꾸만 그런 생각이 밀려드는 것일까.

윌리엄 맥그리거 팩스턴

「대화」

1940년

# 수다의 의미

자기 이야기를 끊임없이 쏟아내는 친구가 있었다. 이를테면 이런 것이다. 어제 마트에서 생긴 일, 다망한 하루 일과, 개봉한 영화에 대한 평가, 커피 가격에 대한 단상, 화장품의 주요 성분과 효능, 아침으로 시리얼을 먹는 이유 등 온갖 사담을 과부화가 걸린 사람처럼 쉴 새 없이 늘어놓았다. 넘치고 아슬아슬한 모습이 내게는 부담으로 다가왔는데 나중에 돌이켜 생각해보니 그건 간절한 손길이 아니었을까. 나를 좀 봐달라는 마음의 표현이 아니었을까. 그때는 알지 못했다. 보이지 않았다. 조금만 더 관심을 기울일걸. 그녀의 말을 귀담아들으려고 노력해볼걸. 자질구레한 대화를 하며 말동무가 되어주면 좋았을 텐데. 이제야 깨닫는다. 수다란, 외로움이다.

존 화이트 알렉산더
「수다」
1912년

## 그림과 영화처럼

그림과 영화는 중첩된다. 미술사조의 흐름을 보면 영화의 발달사도 개괄할 수 있을 만큼 그림과 영화는 친밀하다. 이들은 서로의 작품에 빈번히 등장하고 직접적인 관계를 맺으며 시각예술의 경계를 넓혔다. 전통적인 예술인 회화는 영화의 중요한 재료였고, 그림의 풍부한 상징은 스크린 속에서 앞으로 전개될 내용의 암시로 설정되거나 영화의 주제를 효과적으로 전달하는 데 활용되었다. 거꾸로 영화는 그림에 창의적인 이야기를 불어넣었고, 화가가 재해석한 영화 속 장면은 화폭에서 전혀 다른 형상으로 나타나며 새로운 탄생을 예고했다.

그림에 영향받은 영화는 많다. 알프레드 히치콕은 「사이코」에서 에드워드 호퍼Edward Hopper의 「철길 옆의 집」을 기초로 고딕풍의 집을 재현했고, 테리 길리엄은 앤드루 와이어스Andrew Newell Wyeth의 「크리스티나의 세계」에 영감을 얻어 「타이드랜드」의 도입부를 구상했다. 「택시 드라이버」를 제작할 당시 데이비드 호크니David Hockney에 관한 영화 「비거

에드가 드가 「극장에서의 친구들, 루도빅 알레비와 알버트 케이브」 1879년 /

스플래쉬」를 본 마틴 스콜세지는 호크니의 그림구도를 영화 속 장면에 차용했으며, 히에로니무스 보스Hieronymus Bosch의 「쾌락의 정원」을 소재로 영화를 만들고자 프라도 미술관에 간 밀로스 포만은 그곳에서 본 프란시스코 고야Francisco José de Goya y Lucientes의 그림에 반해 계획을 바꿔 「고야의 유령」을 찍었다. 또 세르게이 에이젠슈타인은 디에고 벨라스케스의 「브레다의 항복」에서 긴 창들의 이미지를 따와 「알렉산더 네브스키」의 얼음 위 전투 신을 촬영하며 문자 그대로 그림 같은 화면을 연출했다.

반대로 영화에 영향받은 그림도 있다. 프랜시스 베이컨Francis Bacon은 에이젠슈타인의 「전함 포템킨」에서 오데사 광장 계단에 넘어져 비명 지르는 간호사의 얼굴이 클로즈업되는 장면을 보고 「벨라스케스의 교황 인노켄티우스 10세의 초상화 습작」을 비롯한 다수의 연작을 제작했고, 피터 도이그Peter Doig는 숀 커닝햄의 「13일의 금요일」을 보고 감명받아 「100년 전」, 「메아리 호수」 등을 그렸으며, 특히 「카누 호수」는 음산하고 불길한 영화 속 분위기를 환각적인 색채로 표현하며 그의 대표작이 되었다. 마지막으로 알폰소 쿠아론의 「위대한 유산」에는 200점이 넘는 프란체스코 클레멘테Francesco Clemente의 그림이 나오는데, 실제로 클레멘테는 주인공 에스텔라 역을 맡은 기네스 팰트로의 얼굴을 직접 수채

화로 그렸고 그 그림은 영화 포스터로 사용되었다.

여기까지 쓰고 보니 돌연 드는 생각. 세상에는 그림과 영화 같은 사이도 존재하는 듯하다. 서로 부족한 부분을 채워주고 긍정적인 작용을 하며 성장과 발전에 이바지하는 사이. 일방적인 주고받음이 아니라 상호교류와 소통을 통해 신뢰를 쌓고 같은 길을 걸어가는 동반자. 비슷한 만큼 다르기도 해서 되레 상대에게 끌리고 서로 간의 차이로 인해 더 많이 배우고 이해할 수 있는 지지자. 때에 따라 밀고 당기며 연대하고 협력하는 파트너. 그것이 친구이건 연인이건 가족이건 라이벌이건 그런 존재가 하나쯤 있으면 살아가는 데 큰 힘이 되지 않을까. 서로 길마들며 오랫동안 관계를 유지해온 그림과 영화처럼.

# 배움의 자세

오랜만에 친구를 만났더니 요즘 그림을 배운다고 한다. 정말 의외였다. 그는 기질로 보나 직업으로 보나 예술과는 거리가 먼 사람으로, 학창시절 내내 미술에 대해 알레르기적인 반응을 보였었다. 반복되는 일상이 따분해서 조금이라도 활력을 되찾고 싶다는 마음으로 가볍게 시작했는데, 지금은 그림 덕에 하루하루가 즐겁고 삶에서 제할 수 없는 부분이 되었다고 했다. 이에 덧붙여 그는 "화지를 구입할 때 직접 만져보고 산다, 붓을 깨끗이 빨아서 널 때 기분이 좋다, 주말에는 화실에서 살다시피 한다" 등의 말을 쉼 없이 이어갔다. 반짝이는 눈빛으로 달떠서 얘기하는 그를 보며 역시 배움은 사람을 살게 하는 힘이 되는구나, 하고 생각했다.

배움은 인생에 있어 필수적이다. 그것이 책에서 축적된 지식이건, 치열하게 연마한 기술이건, 타인과의 관계에서 깨달은 교훈이건 사람은 무언가를 배우며 살아간다. 새로운 일에 대한 도전은 삶의 정열이 되고, 피나는 노력을 통해 얻은 경험은 성장의 발판이 되며, 시도함으로써 얻은 성취는 자존의

앙리 페르디낭 벨랑

「그의 스튜디오에서 예술가의 자화상」

1891년

근거이사 희망의 증거가 된다. 이러한 것들이 모여 나의 세계를 확장하고, 삶에 의미를 부여하며, 오늘보다 조금 더 나은 내일의 나를 만든다. 배움의 세계는 끝이 없다는 사실을 명심하며 평생 배움의 자세를 유지하는 것이 바람직할 테다. 우리는 매 순간 배워가는 중이므로. 배움에 대한 사랑 없이 인간은 생생할 수 없다.

## 마법 같은 순간

비가 추적추적 내리는 저녁, 체코 프라하의 카렐교 위를 걷고 있었다. 다리 전체가 거대한 샹들리에처럼 빛나는 그곳에서 프라하성의 전경을 바라보는데, 내게 알은체하며 다가오는 목소리가 들렸다. 십여 년 전 유학과 함께 연이 끊긴 친구였다. 신기하고 반가워서 환호성을 지르며 부둥켜안기를 몇 차례. 소중한 보물을 되찾은 듯 벅차고 설레었다. 겨우 흥분을 가라앉히고 그동안의 안부를 물은 뒤 화제를 근황으로 옮겼다. 무슨 일을 하고 있는지, 자주 듣는 노래와 관심사, 앞으로의 꿈과 계획 등에 관해 이야기하며 마치 어제 만난 사이처럼 웃고 떠들었다. 낯선 도시에서 만난 익숙한 사람, 야릇한 심상을 불러일으키는 빛과 공기, 그리고 어둠속에서 나눈 대화까지. 정말이지 마법 같은 시간이었다.

현실은 마법으로 가득 찬 세계다. 마법 같은 일이 끊이지 않고 생긴다. 마법이란 불가사의한 사건이나 진기한 체험만을 의미하는 것이 아니다. 인연의 끈이 이어지는 것도, 서로가 서로를 기억하는 것도 마법일 수 있다. 가슴을 탁 치는 소

프랭크 코번
「비오는 밤」
1917년

설의 첫 문장도, 감미로운 노래가 주는 위로도 근사한 마법이며, 때 되면 찾아오는 계절의 변화도, 별일 없이 살아가는 일상도 놀라운 마법이다. 그러니까 우리가 살아가는 하루하루가 기적 같은 마법이리라. 그것을 알아채지 못한 채 지나칠 뿐 마법은 우리 곁에 존재한다. 시기와 종류만 다를 뿐 삶 속에서 매 순간 일어나고 있다. 이제는 모든 게 끝났다고 생각한 순간까지도. 이런 마법 같은 순간이 있기에 우리는 지금까지 살아왔고, 앞으로도 살아갈 것이다.

# 말하지 않아도 다 아는 사이란 없다

관계를 망치는 대표적인 행위로는 침묵과 상상이 있다. 아무 말도 하지 않고 제멋대로 생각하면 관계의 단절은 곧 현실이 된다. 관계에 있어 말은 불가결하다. 말하지 않아도 상대가 내 마음을 알아줄 확률은 내 기대보다 희박하다. 말은 서로를 이어주는 다리와 같아서 말하지 않으면 마음은 전달되지 않는다. 진심을 다해 말하고 충실하게 상대의 말을 들어야만 서로에게 겨우 닿을 수 있다. 딱 그 정도까지 말하면 딱 그 정도에서 돌아서게 되고 잠자코 있으면 영원히 말할 수 없게 된다. 그러므로 우리는 계속해서 말해야 한다. 자꾸 입 밖으로 내뱉어 전해야 한다. 당신을 응원한다고, 이해한다고, 사랑한다고. 말하지 않아도 다 아는 사이란 없다.

리카르드 베르그
「북유럽의 여름 저녁」
1889-1900년

# 그 남자의 마지막 임무

그를 만난 건 무더위가 기승을 부리던 칠월의 어느 날이었다. 그 이야기를 잠시 하고자 한다. 네덜란드 남서부의 작은 마을 델프트를 걷다가 우연히 들어선 도자기 박물관에서 공간을 가득 메운 푸른빛의 도자기를 보고 완전히 매료되었다. '델프트' 하면 '요하네스 베르메르Johannes Vermeer'가 떠오를 뿐 그 지역의 도자기가 유명하다는 것도 나중에 알았을 만큼 사전정보가 없었기에 놀라움이 더 컸다. 게다가 그곳은 도자기를 전시하는 곳을 넘어 도공들의 작업장으로 신중하고도 곡진하게 도자기를 만드는 모습이 경이로웠다. 가만히 숨죽인 채 그들을 지켜보다가 수십 년간 도자기를 만들어온 장인과 대화를 나눌 수 있었는데, 백발이 성성한 그는 주름진 손을 연신 움직이며 자신의 이야기를 이어갔다.

처음 이 일을 시작한 계기부터 인생의 여러 고비들, 도자기에 관한 철학과 도공으로서의 신념까지 담담하게 말하는 그에게서 직업에 대한 깊은 자부심이 느껴졌다. "사람은 누구나 저마다의 쓸모를 갖고 태어나는데 그것이 내게는 도자

라우릿스 안데르센 링
「포터 허먼 칼러」
1890년

기였고 이 일을 지속하는 것이 세상에 대한 나의 마지막 임무"라며 씩 웃어 보이는 그. 그의 눈에서 뿜어져 나오는 열기가 뜨거웠다. 그는 묵묵히 자신의 영역을 지켜온 사람, 밀도 높게 자기 세계를 채우는 사람, 스스로 믿는 것을 실천하는 사람이었다. 아무리 고된 길도 꾸준히 걷다 보면 다다를 수 있다는 사실을 증명하고 있었다. 말이 아닌 삶으로. 그리고 나는 언제나 그런 사람을 신용하는 편이다. 언젠가 기회가 되면 다시 한번 찾아가 볼까. 그는 분명 그 자리에 있을 텐데.

## 봄날의 피크닉

지인들과 약속이 있어 한강에 갔다. 매년 오월이면 모이는 피크닉 멤버다. 반갑게 인사하고 그늘진 곳에 자리를 잡았다. 주위를 살피니 개와 함께 산책하는 여자, 무리 지어 자전거 타는 사람들, 돗자리에 누워 데이트하는 연인, 가족 단위로 놀러 온 휴양객 등 다양한 이들이 보였다. 평화롭고 여유로운 분위기에 하늘도 맑고 햇살도 따사롭고 바람도 선선한 것이 그야말로 완연한 봄날이었다. 그런데 한 친구의 표정이 내내 어두웠다. 알고 보니 사람 문제로 안 좋은 일이 있었던 것. 그녀는 길게 한숨을 내쉬며 그 일에 대해 털어놓았는데, 요지는 필요할 때만 자신을 이용하는 사람에 관한 고민이었다. 그렇게 서로 진지하게 의견을 나누고 한바탕 웃고 떠들었더니 기분이 풀렸는지 그녀는 그제야 환한 웃음을 지었다.

이것도 권력이겠지만, 싫은 사람은 안 만나는 것이 좋다. 나쁜 사람은 피하는 게 상책이다. 나를 막 대하는 이에게 착한 사람이 되려고 애쓸 필요는 없고, 나의 순정을 당연시하

팔 시네이 메르세

「5월의 소풍」

1873년

는 사람에게 열정을 쏟을 이유도 없다. 나의 자존을 해치면서까지 유지해야 할 사이는 더더욱 없다. 모든 관계는 양방의 노력으로 유지되는데 그것이 지나치게 한쪽으로 기울어져 있다면 그 관계는 사장된 것이나 다름없다. 그보다는 상대의 눈빛에 주목하는 사람, 타인을 배려하는 사람, 남을 귀하게 여기고 고마워할 줄 아는 사람과 좋은 연분을 만들어가는 것이 온당하다. 살면서 나를 미워하거나 괴롭히는 사람을 피할 수는 없겠지만, 그들에게 더 이상 초점을 맞추지 않는 것만으로 우리는 훨씬 행복해질 수 있다.

# 안개 속의 방랑자

아르헨티나에서 한 장의 사진이 도착했다. 수 주 전에 남미로 떠난 친구가 보낸 것이었다. 이구아수 폭포를 배경으로 그가 서 있고 전후좌우가 물안개로 뒤덮여 있었다. '악마의 목구멍'이라는 별칭처럼 세찬 물줄기가 쏟아지며 물보라를 일으키는 모습이 장중하기 그지없었다. 셔터를 누를 때 카메라가 흔들렸는지 초점이 맞지 않아 표정이 보이지 않았지만, 그는 혼자여야만 하는 사람 같았다. 언젠가 카스파르 다비드 프리드리히Caspar David Friedrich가 이렇게 말했듯이.

"나는 혼자여야 하고 또 내가 혼자라는 사실을 알고 있어야 해요. 내가 나이기 위해 나는 나를 둘러싸는 것들에게 나 자신을 내맡겨야 하며 구름과 바위와도 하나가 되어야 합니다."

사진을 넘기니 뒷면에 글이 보였다. 간단한 안부와 함께 "방랑자가 되어간다"는 문구가 눈에 들어왔다. 물론 농담조로 한 말이겠으나 그 말을 곧이곧대로 받아들일 만큼 순진하지는 않다. 그는 진짜로 방황 중이니까. 이어서 남은 문장을

카스파르 다비드 프리드리히 「안개 바다 위의 방랑자」 1818년경

쭉 읽어 내려가는데 '썩'이라든가 '매우' 같은 무의미한 형용사만 나열되어 있을 뿐 구체적인 내용은 적혀 있지 않았다. 또박또박 써 내려간 글씨에서 풍기는 어떤 뉘앙스로 그가 최선을 다해 버티고 있다는 것만 짐작할 수 있었다. 그가 찍은 사진처럼 그의 마음속도 뿌연 안갯속이라는 사실을. 돌아가고 싶다는 목소리가 들리는 듯했다.

다소 나이브한 생각일 수도 있겠으나, 나는 그의 방황을 지지한다. 마음이 너무 어지럽고 복잡하다면, 그래서 만사가 헛되고 혼란스럽다면, 조금 방황해도 되지 않을까. 살다 보면 누구나 아무것도 할 수 없는 시기가 있고, 역으로 그것밖에는 할 수 없는 시간도 있다. 비록 답을 찾지 못하더라도 그 속에서 얻을 수 있는 것이 분명 존재한다. 방황은 방황으로만 끝나는 것이 아니라 안 좋은 기억들과 이별하는 시간이자 다음 단계를 위한 준비과정이기도 하다. 지금 그에게 무슨 일이 일어나는지 알 수 없지만 잘 버텨내기를, 끝내 넘어서기를, 이곳으로 돌아와 다시 웃을 수 있는 날이 오기를 바랄 뿐이다.

# 동행해준 이들

남들에게 신세만 지고 살았다. 너무도 익숙하고 빤빤하게. 세상에 당연한 것은 없는데도 말이다. 내게 모르는 길을 가르쳐준 낯선 행인부터 볼 때마다 해맑게 웃으며 인사를 건네는 이웃, 언제나 자기 일처럼 발 벗고 나서는 동료들, 인생의 값진 가르침을 준 스승, 오랜만에 만나도 어제 만난 것같이 편한 친구들, 사랑하는 법과 사랑받는 법을 알려준 연인, 삶의 고비마다 나를 일으켜 세워준 부모님, 든든한 내 편이 되는 가족들, 그리고 예전에는 친했지만 지금은 멀어진 이들까지. 그들이 없으면 나도 존재할 수 없었다. 최소한 현재의 나는 이 모습이 아닐 터. 그들이 있었기에 지금의 내가 있는 것이다.

살다가 사람이 싫어질 때, 누군가 공연히 미워질 때면 그들을 떠올린다. 나만 생각하고 싶을 때, 한없이 이기적이고 싶을 때, 눈 감고 귀 막고 입 닫은 채 세상과 등지고 싶을 때면 그들의 모습을 마음속에 그려본다. 그들이 건넨 친절과 호의, 세심한 배려, 칭찬과 응원의 말, 관심과 도움, 도저히

/

윌리엄 글래큰스

「케이프코드 부두」

1908년

갚을 수 없는 사랑을 생각한다. 그리고 나 역시 누군가에게 그런 사람이 되자고 다짐한다. 누군가 나를 필요로 할 때 쾌히 손길을 건네자고, 나누고 베풀며 살아가자고 스스로와 약속해본다. 쉽게 침범하지 않지만 절대 외면하지 않는 것, 결국 그것이 우리가 취해야 할 올바른 자세가 아닐까. 인간이 온전하게 존재할 수 있는 건 인생의 힘든 순간에 동행해준 이들이 있기 때문이다.

# 내 안에 머무는 생각

## 궁극의 헤리티지

어떤 지역을 방문 시 그곳을 그린 그림이 떠오르는 경우가 있다. 내게 루앙은 그런 곳이다. 카미유 피사로 Camille Pissarro의 그림처럼 다사로운 곳, 폴 고갱Paul Gauguin의 그림처럼 고즈넉한 곳, 그리고 클로드 모네의 그림처럼 휘황한 곳. 오늘은 구시가지에 있는 루앙 대성당을 찾았다. 예전에 왔을 때 별 감흥 없이 지나쳤던, 유명해서 유명한 줄만 알았던 이곳. 그런데 그때의 기억과는 전혀 다른 풍경이 펼쳐졌다.

고색창연한 모습에 반한 것이다. 우아하면서도 기하학적인 조각들이 꿈틀대며 살아 움직이는 듯하고, 고딕양식의 여러 단계를 두루 갖춘 외관이 독특하고 신비로웠다. 돌올하게 솟은 첨탑과 정교한 파사드는 가히 압도적. 건축과 조각, 장식이 조화를 이룬 종합예술품 같았다. 왜 그때는 이 아름다움을 보지 못했을까?

모네는 루앙 대성당을 수차례 그렸다. 1892년 성당 건너편에 작업실을 마련하고 1월부터 4월까지 다수의 그림을 완성했으며, 다음 해 조금 떨어진 방에서 작업하며 총 30여 점의 연작을 남겼다. 얼마 후 아내 알리스에게 보낸 편지에 썼듯이 다채로운 색의 향연을 화폭에 구현했다.

> "날마다 뭔가 첨가할 게 생기고, 전에는 보지 못했던 것을 문득 발견하기도 하오. (……) 대성당이 내 위로 무너져 내렸는데, 아 그게 파란색으로, 분홍색으로, 혹은 노랗게도 보이지 뭐요."

실제의 형태보다 자신이 바라보는 관점을 표현하는 데 집중했으며 시시각각 변하는 빛과 대기, 습도를 반영해 변화무쌍한 풍경을 선보였다. 하나의 모티브를 반복해서 그린 그의 그림은 같은 대상이라고 해도 시간과 계절, 상황에 따라 그 느낌과 의미가 어떻게 달라지는지 알려준다.

누구나 그런 적이 있을 것이다. 예전에 좋았는데 다시 보니 싫어지거나 첫인상은 별로였는데 어느 순간 정반대가 되는 경험, 혹은 과거에 옳다고 믿은 일이 잘못되었음을 해득하거나 오랫동안 꿈꾸던 일을 막상 해보니 나와 맞지 않음을 알게 되는 경험이 한 번쯤 있을 테다. 인간의 마음은 가변적이다. 생각과 감정, 꿈, 사랑, 느낌이나 인상, 소신 등 한때 자신했던 것들, 신념처럼 굳게 믿었던 것들이 얼마나 쉬이 변할 수 있는지. 그 깊이란 어찌나 보잘것없고 나약한지. 무엇도 단정할 수 없고 함부로 확신하거나 장담할 수 없는 것이 인생이라는 사실을 모네가 그린 궁극의 헤리티지, 루앙 대성당 연작을 보며 깨닫는다.

클로드 모네 「아침의 루앙 대성당」 1894년 /

/ 클로드 모네 「루앙 대성당(정문과 생 로맹 탑, 강한 햇빛, 파란색과 금색 조화)」 1893년

클로드 모네 「루앙 대성당, 정면 I」 1892-1894년 /

/ 클로드 모네 「루앙 대성당, 정문, 흐린 날씨」 1892년

클로드 모네 「루앙 대성당 : 석양(회색과 분홍색의 심포니)」 1894년 /

# 맥주

술에 대해 쓰려니 망설여진다. 체질상 술이 맞지 않고 평소에 즐기지도 않지만 가끔씩 간절하게 마시고 싶다는 생각이 드는 건 다름 아닌 맥주다. 선명한 색과 톡 쏘는 탄산, 묵직한 바디감이 느껴지는 맥주를 벌컥벌컥 마시다 보면 가슴이 뻥 뚫리는 듯한데, 약간 부풀려서 말하면 하늘로 비상하는 것 같을 때도 있다. 잔을 따라 흐르는 풍성한 맥주 거품처럼 행복이 목을 타고 술술 넘어간다. 날이 갈수록 늘어나는 뱃살에 일조하고 있으나 그 맛을 외면하기란 여간 어려운 일이 아니다. 그중에서도 결코 잊을 수 없는 맛이 있다. 일전의 일이다.

야간열차를 타고 밤새 달려 독일 뮌헨에 도착해 호텔에서 쉬다가 친구의 성화에 못 이겨 한 맥주 축제를 찾았다. 옥토버페스트처럼 유명하지 않고 동네의 소규모 축제라서 이름도 가물가물하지만 그때의 맛은 아직도 눈에 선하다. 청량한 탄산이 목구멍을 간질이면서도 목넘김이 부드럽고 감칠맛이 도는 생맥주였는데, 근처 양조장에서 만든 수제 맥주답게

막스 리버만 「뮌헨의 맥주 정원」 1884년 /

시중에서 파는 것과는 다른 차별성을 지니고 있었다. 맥아의 맛과 홉의 향이 균형을 이룬 풍미가 뛰어났고 산미가 감도는 독특한 매력에 빠져들 수밖에 없었다. 무턱대고 찾아간 그곳에서 비길 데 없는 인생 최고의 맥주를 맛본 것이다.

인생은 뜻밖의 일들의 연속이다. 순간적인 선택이 행운을 가져다주고 별 뜻 없이 한 행동이 복을 선물한다. 의외의 조합이 최상의 시너지를 내고 의도하지 않은 데서 큰 기쁨이 온다. 예기치 않은 만남이 인연으로 이어지고 난데없이 찾아온 기회로 삶의 방향이 전환된다. 기대나 예상을 벗어나는 일들이 우리를 곤란하게 만들기도 하지만 생각지도 못한 놀라운 경험을 선사하기도 한다. 뮌헨에서의 일이 그러했듯 나는 아주 작은 것까지 세세하게 계획하거나 계산하지 않고 시원한 맥주 한 모금이 가져다줄 우연한 행복 같은 것을 기다리며 살고 싶다. 예측할 수 없어 인생은 아름다운 것이므로.

# 학교에서 가르쳐주지 않는 것

학교에서 가르쳐주지 않는 것이 있다. 각종 계약서 작성법, 문제가 생겼을 때를 대비한 증거확보, 올바른 피임법, 돈의 가치와 중요성, 소비자의 권리와 책임, 세금의 종류와 쓰임새, 반려동물을 키울 때의 책임감, 젠더 및 인권 감수성, 유권자의 투표참여, 건강한 식습관과 스트레스 관리법, 요리를 비롯한 청소, 세탁, 설거지, 분리수거 등 기본적인 가사노동, 장례식장 예절, 해외여행 시 지켜야 할 매너, 생존수영과 재난안전교육, 바람직한 의사소통 방식, 비즈니스 메일 쓰기, 거절하고 또 거절을 받아들이는 법 등등.

언뜻 사소해 보이나 살짝만 운이 나빠도 삶 전체가 무너질 수 있는 중요한 것들이다. 작게는 일상생활에서부터 크게는 인생 전반에 영향을 미치는 일이며, 살아가는 데 실질적인 도움이 되는 정보이자 삶을 매끈하게 하는 기술이다. 물론 시대의 변화나 각 교육과정에 따라 개인차가 있겠으나, 체계적인 학습을 통해 구체적으로 이해하고 있었다면 삶이 조금은 더 수월했을 거라 생각한다. 맨몸으로 부딪쳐 스스로

앙리 쥘 장 제오프루아
「공부하는 아이들」
1889년

터득해가는 과정도 의미가 있겠지만, 이런 것들을 진작 알았더라면 좀 더 침착하고 의연하게 대처할 수 있었을 성싶다. 왜 살아가면서 꼭 필요한 것들은 모조리 독학일까.

# 치즈가게

스위스 루체른의 카펠교 근처를 거닐다가 치즈가게에 들어섰다. 문을 열자마자 꼬리꼬리한 냄새가 코끝 깊숙이 전해지고, 어마어마한 수의 치즈가 공간을 채우고 있었다. 산지에서 생산되는 대표적인 치즈인 노란 호박색의 그뤼에르와 구멍 송송 뚫린 에멘탈(만화영화 「톰과 제리」에 자주 등장하던 바로 그 치즈!), 그리고 생우유를 압착해서 숙성시킨 아펜젤러가 제일 먼저 시선을 사로잡았다. 그 밖에도 달콤한 체리향이 나는 이탈리아의 블루치즈 블루61, 노르망디 소젖으로 만든 브리야사바랭, 또 크래커에 발라 먹으면 일품인 프랑스산 연성치즈 생 앙드레까지 세계 각지에서 온 치즈가 구비되어 있었다. 그것들을 하나씩 맛보는데 시식하는 것만으로 배부를 정도로 가짓수가 많았다.

이것저것 고르다 보니 장바구니가 금세 찼다. 내 것뿐만 아니라 주변 지인들에게 선물하기 위해 신중하게 택하는데 어쩜 이렇게 치즈가 다채로운지. '지구상에서 가장 오래된 발효 유제품'이라는 칭호에 걸맞게 지금까지 알려진 종류만

에두아르 진 담불즈

「치즈가게」

연도미상

이천 가지에 이르듯이, 부드럽고 은은한 향을 풍기는 치즈에서부터 진하고 강한 냄새를 지닌 치즈, 또 씹을수록 달고 고소한 맛이 나는 치즈까지, 아무튼 똑같은 치즈는 없었다. 치즈 하나하나에도 나름의 성격과 개성이 있는 것이다. 얼핏 비슷해 보여도 종마다 확연히 다른 맛과 향, 식감인 것도 신비롭고, 같은 치즈라고 해도 그것을 향한 사람의 입맛과 기호에 따라 호오가 달라진다는 점도 흥미로웠다. 새삼스러운 얘기지만, 세상은 정말 다양하다.

## 말의 힘

말은 긍정적인 의미에서건 부정적인 의미에서건 전염 효과가 있다. 다정한 말을 들으면 마음이 온화해지고 가시 돋친 말을 들으면 기분이 상하듯이 말은 인간의 감정을 좌우한다. 심리나 사고체계를 넘어 삶 전체에 영향을 끼친다. 비록 우리가 의식하지 못한다고 해도. 조금 극단적으로 말하면, 삶은 말의 결과다. 평소 습관처럼 쓰는 말, 속으로 되뇌는 말, 별 뜻 없이 하는 말이 쌓이고 쌓여 한 사람의 인생이 된다. 긍정적인 말을 많이 하는 사람은 삶이 긍정적으로 나아갈 가능성이 높고, 부정적인 말을 자주 하는 사람은 부정적인 삶을 살아갈 공산이 높다. 또 내가 선택하는 말에 따라 나의 우주가 시시각각 달라지듯이 말이 갖는 파급력은 생각보다 크다. 아니, 절대적이다.

말에는 신비한 힘이 있다. 감정을 표현하고 생각을 전달하고 행동을 지시하는 일련의 기능 외에도 무한한 힘을 지니고 있다. 말하는 대로 이루어진다는 건 천진한 바람에 불과하지만 어떤 말은 생각을 현실로 실현시킨다. 삶은 말한 대로 이

파울 피셰르

「대화, 헬골란트 섬」

1896년

루어지지 않지만 말하는 대로 흘러간다. 말을 따라 움직이고 말한 쪽으로 물들어 간다. 그리하여 말은 인생을 변화시킨다. 결국 인간이란 자신이 한 말을 스스로 믿게 되고 실제 그렇게 살아가게 되므로. 부디 말의 능력을 과소평가하지 말기를. 줄곧 소리 내어 말하기를. 반복해서 표현하고 외치기를. 언젠가 스스로 내뱉은 말이 마법의 주문이 되어 기적을 일으킬지도 모를 일이다. 말의 힘을 믿자. 말의 힘을 이용하자.

## 승리의 경험

미술계의 싸움 중 유명한 사건으로는 여러 가지가 있다. 이를테면 빈센트 반 고흐와 폴 고갱의 갈등, 에두아르 마네와 귀스타브 쿠르베Gustave Courbet의 대립, 장 오귀스트 도미니크 앵그르Jean Auguste Dominique Ingres와 외젠 들라크루아Ferdinand Victor Eugène Delacroix의 논쟁 등등. 그중에서도 제임스 애벗 맥닐 휘슬러James Abbott McNeill Whistler와 존 러스킨John Ruskin의 재판은 여전히 회자된다. 그 발단은 한 점의 그림이었다. 런던 크레몬 공원에서 벌어진 불꽃놀이를 추상적으로 표현한 휘슬러의 「검정색과 금색의 녹턴: 떨어지는 불꽃」이 그것이다. 1877년 영국의 그로스브너 화랑에서 이 그림을 본 러스킨은 "대중의 면전에 물감을 퍼붓는 대가로 200기니를 요구하는 사기꾼"이라며 조롱 섞인 독설을 퍼부었고, 이에 휘슬러는 "그 돈은 일생을 통해 얻어진 지식에 대한 대가"라고 응수하며 러스킨을 명예훼손으로 고발했다.

이후 지난한 법정 공방이 이어졌는데, 이 둘의 사회적 위치는 판이하게 달랐다. 당대 최고의 비평가인 러스킨은 경

제임스 애벗 맥닐 휘슬러
「검정색과 금색의 녹턴: 떨어지는 불꽃」
1875년

제적으로 부유했고 지지자들이 넘쳐났지만, 신진 화가인 휘슬러는 가난했고 몇몇 화가에게 동조를 받는 정도였다. 그래서였을까. 알버트 무어Albert Joseph Moore가 법정에서 휘슬러를 옹호한 것을 제외하면 그를 위해 증언한 사람은 없었고, 러스킨은 번 존스Edward Coley Burne Jones를 비롯한 유명 화가들을 증인으로 대신 내세우며 끝내 출정하지 않았다. 신경쇠약을 이유로 출두를 미루며 시간을 끄는 러스킨으로 인해 휘슬러는 나날이 늘어가는 소송비용을 감당해야 했고, 결과적으로 판사가 휘슬러의 손을 들어주었으나 매우 적은 액수의 손해배상금밖에 되지 않아 그는 전 재산을 잃고 이듬해 파산했다.

하지만 휘슬러의 승리가 무의미했다고 말할 수 있을까? 그는 화가로서의 철학과 예술적 가치를 인정받았고, 그의 회화는 훗날 추상화의 출현을 예고하며 큰 영향력을 발휘했다. 이들의 재판은 개인과 개인의 싸움을 넘어 러스킨으로 대표되는 기득권, 또는 사회적 통념을 깨뜨리기 위한 시도였으며, 창작자의 창의성을 존중하고 표현의 자유를 보장받은 역사적 판례로 기록되었다. 더불어 미술품 가격 결정 기준에 있어 작품 값은 그 작품을 만드는 데 소요된 시간과 육체적인 노동에 대한 천편일률적인 대가가 아니라, 화가가 작품에 부여한 개념과 의미, 또 작품을 탄생시키기까지 노력한 평생의 시간에 따라 유무형의 가치를 지닌다는 주장이 받아들여진 것이기도 하다.

승리의 경험은 중요하다. 휘슬러가 불리한 상황에서도 승리를 거머쥐어 자신의 뜻을 관철하고 미술사적 의의를 확대시켰듯이 승리는 우리에게 많은 걸 안겨준다. 승리 자체가 주는 순수한 기쁨부터 노력하면 이루어진다는 희망, 그리고 나중에 패배하더라도 다시 일어날 수 있는 힘이 된다. 또한 이기는 사람이 계속 이기는 이유는 이길 만한 능력이 있어서 이기도 하지만 이기면서 학습된 무언가가 이김으로써 계속 발전되기 때문이다. 이는 패배를 통해 배우는 것과는 또 다른 층위의 체험이다. 승리가 승리를 만든다. 그러니 꼭 거대한 승리가 아니더라도 자기 자신과의 싸움에서 승리하기를, 각자의 삶에서 작은 승리를 이루어나가기를 성원한다. 모든 승리는 의미가 있다.

## 여행가방

짐을 푸는 친구의 모습을 지켜보다가 폭소했다. 가방 속에서 하얗고 커다란 라텍스 베개가 나오는 것을 보고. 집에서 쓰는 베개를 아기 다루듯 소중히 싸 온 것이 귀여웠다. 조금 더 살펴보니 여권이나 지갑 같은 필수품부터 만일의 상황을 대비한 비상용품, 우산과 카메라, 각종 IT기기, 속옷과 양말, 세면도구, 손톱깎이, 투명한 용기에 소분된 화장품, 휴대용 가습기, 향초, 볼펜, 물티슈, 심적 위안을 주는 인형, 구겨진 영수증, 그 밖의 잡동사니들이 가득했다. 심지어 리본 달린 조개껍데기와 색종이로 만든 고래처럼 이해할 수 없는 물건도 있었는데, 이 모두는 그녀가 어떤 사람인지를 잘 알려준다.

여행가방을 보면서 생각하는 건 그것이 대변하는 삶의 가치다. 스스로 채택하고 결정해서 일군 가방을 보면 그 사람이 보인다. 제한된 공간을 차지한 물건을 들여다보면 그 사람이 제대로 드러난다. 평상시 생활습관, 성격과 성향, 중요하게 생각하는 요소, 불확실성에 대처하는 자세, 감정을 다

에버트 얀 박스 「세상에 나아가다」 1882년 /

스리는 방법, 그리고 절대로 포기할 수 없는 사항까지 알 수 있다. 가방은 단순한 소품이 아니라 삶의 이야기로 채워진 보물창고다. 내밀한 비밀로 이루어진 세계이자 한 사람의 소우주를 의미한다. 확장된 자아이며 정체성의 산물이다. 그러니까 그 사람, 그 자체다.

# 점묘법

1883년, 한 화가는 파리에 있는 화실에서 3미터가 넘는 거대한 크기의 캔버스에 점을 찍기 시작했다. 매일 아침부터 밤까지 한 점씩 한 점씩 정성 들여 점을 찍는 무한 반복. 그렇게 꼬박 2년에 걸친 고된 작업 끝에 완성된 그림이 조르주 피에르 쇠라Georges Pierre Seurat의 「그랑드 자트 섬의 일요일 오후」다. 이듬해 쇠라는 이 그림을 마지막 인상주의 전시회에서 첫선을 보였는데, 이는 점묘법의 탄생이자 신인상주의의 시작을 알리는 신호탄이었다. 그는 기존 방식을 따르기보다 본인만의 독특한 표현기법을 창조했다. 거듭된 연구와 멈추지 않는 열정으로 자기만의 그림을 그려나갔다.

빈 화면을 채우는 것은 화가만의 몫이 아니다. 무수한 색점으로 캔버스를 메운 쇠라처럼 우리는 매 순간 삶이라는 빈 공간에 점 하나를 찍는다. 지금 찍은 점이 어떤 형상으로 나타날지, 무슨 의미로 다가올지 알 수 없지만 그럼에도 불구하고 점을 찍어 자국을 남긴다. 작디작은 점 하나일 뿐이지만 그렇게 찍은 점들이 모여 각각의 형태를 이루고 나름의

조르주 피에르 쇠라

「그랑드 자트 섬의 일요일 오후」

1884-1886년

모습을 드러낸다. 수많은 점으로 나만의 이미지를 구현하는 일. 결국 인생은 점묘법으로 그리는 그림이 아닌가 싶다. 날마다 찍는 점들이 쌓여 인생이라는 하나의 그림은 완성된다. 자신만의 그림을 그려가는 이들이 다름 아닌 화가이며, 고로 우리는 각자 인생의 화가다.

# 파리지앵

파리 노천카페에 앉아 있으면 눈이 즐겁다. 지나가는 행인들을 바라보는 것만으로 시간 가는 줄 모른다. 트렌치코트 자락을 휘날리며 바쁘게 걸어가는 남자, 장미꽃을 품에 안고 벽에 기대 독서하는 여자, 잘 차려입은 슈트에 운동화를 신고 도시를 산책하는 중년 남성, 또각또각 하이힐 소리를 내며 데이트를 즐기는 할머니까지. 멋들어진 스타일뿐만 아니라 여유와 낭만이 느껴지고 자신감이 마구 발산되는 모습이 시선을 사로잡는다. 역동적이면서도 우아하고 지적이면서도 개구쟁이 같은, 정말이지 에로틱하다.

각별히 주목하게 되는 건 자연스러움이다. 억지스럽거나 무리하지 않는 자세에서 오는 자연스러움이 있다. 다른 사람의 패션을 모방하거나 무조건 유행을 따르는 것이 아니라 자기만의 개성을 가진 사람들, 남의 시선에 얽매이거나 타인의 평가에 연연하지 않고 자발적으로 본인의 세계를 구축하는 사람들, 스스로 원하는 대로 입고 마시고 보고 즐기는 것을 행하는 사람들, 저마다의 가치관대로 자연스러운 삶을 꾸리

알베르트 에델펠트
「파리지앵」
1883년

는, 다시 말해 그들은 자기 자신으로 산다.

내가 어떤 모습일 때 자연스러운가를 알 필요가 있다. 내가 나를 불편하게 하지 않고 스스로를 작위적으로 만들지 않을 때 사람은 한없이 충만해진다. 내 안의 두려움을 가려주던 연출과 장식을 덜어내고 투명해질 때 사람은 자유로워진다. 인위적인 계산이나 꾸밈 없이 있는 그대로의 나를 사랑하는 마음, 감추거나 숨기려고 하기보다 결점마저 당당히 드러내는 용기, 편안하고 너그러운 태도에서 오는 세련됨……. 나는 항상 이런 자연스러움에 끌린다. 자연스러운 것만큼 근사하고 매력적인 존재도 없다.

# 마크 로스코 회고전

한가람미술관을 방문한 건 오후 세 시였다. 삼 개월간 진행된 마크 로스코의 회고전이 대단원의 막을 내리는 날로 바쁜 스케줄로 인해 미루고 미루다가 가까스로 찾았는데, 개인적으로는 허리 디스크 시술을 앞둔 전날이기도 했다. 아픈 허리를 부여잡고 식은땀을 흘리면서까지 그곳에 간 건 오직 로스코의 그림을 보기 위해서였다. 전시 마지막 날이라서 한가할 거라는 나의 예상은 한순간에 빗나갔다. 입구부터 웅성거리는 소리가 들렸고 매표소에 긴 줄이 이어져 있었다. 한쪽 벽을 장식한 유명인들의 사인과 사진, 전시 관련 상품을 파는 기념품숍, 입간판 앞에서 사진 찍는 사람들……. 부산하고 소란스러운 분위기에 자못 당황했지만 전시장에 발을 들이는 순간, 모든 우려가 사그라졌다.

전시는 시대별로 구성되어 있었다. 신화 속 소재를 구성주의 기법으로 표현한 초기 신화시대 작품부터 화가 스스로 '멀티폼 양식'이라고 이름 붙인 색감시대 작품들, 두세 개의 색 덩어리가 캔버스를 물들인 황금기의 작품, 그리고 「시그

/ 마크 로스코 「화이트 센터(노란색, 분홍색과 라벤더 로즈)」 1950년

램 벽화」를 비롯한 벽화시대 작품을 차례로 만날 수 있었다. 로스코 채플을 재현한 전시실에서 명상하는 사람도 많았고, 부활의 시대로 명명한 섹션에는 그가 자살로 생을 마감하기 전에 그린 일명 '피로 그린 그림'으로 불리는 「무제」가 걸려 있었다. 웅대한 그림 앞에 서서 오랫동안 눈으로, 마음으로 바라보았다. 침묵하는 것 말고는 아무것도 할 수 없게 만드는 그림들. 로스코는 과연 로스코였다.

로스코는 추상표현주의의 선구자로 '인간의 근본적인 감성을 그리는 화가'로 불리곤 한다. 나 역시 이것이 적절한 표현이라고 생각한다. 그렇다고 해서 그의 그림을 두고 "마음을 울린다"거나 "영혼을 뒤흔든다"와 같은 고답적인 표현을 동원해 찬미하려는 것이 아니다. 다만 좋은 그림의 특질 중 하나는 관객 스스로가 생각하게 하는 힘에 있다고 믿는데, 그런 점에서 그는 빼어나다고 할 수 있다. 미리 정답을 제시하거나 명확한 메시지를 전하는 것도 아니고 과한 의미부여를 하는 것도 아닌, 그림 자체가 주는 갖가지 질문들, 감정들, 생각들. 그의 그림은 침묵함으로써 내면에 깊은 여운을 선사한다. 화가는 이런 말을 남겼다.

"작품에는 어떤 설명을 달아서는 안 된다. 그것이야말로 관객의 정신을 마비시킬 뿐이다. 내 작품 앞에서 해야 할 일은 침묵이다."

# 스테이크

냉장고에 질 좋은 고기가 있어 스테이크를 해 먹기로 했다. 두툼한 고깃덩어리에 소금과 후추를 골고루 뿌려 밑간하고, 올리브유를 넉넉하게 둘러 로즈마리와 함께 재워 두었다. 잠시 후 뜨겁게 달군 팬에 겉을 튀기듯이 지져 바삭한 크러스트를 만들고 한 조각의 버터로 풍미를 더한 뒤 레스팅시키니 완성! 비교적 쉽고 간첩하게 요리할 수 있지만 알맞은 숙성과 불의 온도, 그리고 정확한 조리시간을 맞추기가 제법 까다롭다. 엄청난 손재주나 고난도의 기술을 요하는 일은 아니나 시간을 어떻게 하느냐에 따라 고기의 육즙과 식감은 물론 전체적인 맛이 결정된다. 스테이크의 생명은 타이밍이다.

같은 맥락에서 보면 삶의 상당 부분도 타이밍에 좌우된다. 그 시기를 놓치면 되돌릴 수 없는 일이 있다. 주어진 기회를 잡지 않으면 꿈은 저 멀리 날아가고, 고백할 시기를 놓치면 사랑은 이루어지지 않는다. 빨리 오해를 풀지 않으면 관계는 소원해지고, 드디어 효도할 수 있는 때가 오면 부모는 이 세

레오노라 캐슬린 그린

「필요한 쿠폰」

1941년

상에 없나. 거꾸로 서로에게 적절한 시기에 만났기 때문에 지금까지 이어지는 인연도 있고, 딱 그 시점에 방문했기에 좋은 기억으로 남은 여행지도 있다. 나아가야 할 때도, 멈춰야 할 때도, 또 기다려야 할 때도 적기가 있는 법. 모든 것은 때가 있고, 그 시기를 놓치면 좋을 것이 없다.

# 화가의 글

화가의 글에서 그림을 본다. 아니, 그 사람을 본다. 랭보, 장 콕토, 도스토엡스키 등 그림을 그린 작가가 허다하듯이 글을 쓴 화가가 많다는 건 놀랄 것 없는 이야기다. 그들의 직업을 작가로 봐야 하는지 화가로 봐야 하는지 헷갈릴 때도 있고, 더 이상 구분하는 것이 무의미할 때도 있다. 헤르만 헤세가 『행복론』에서 "작가의 언어란 화가의 팔레트 위 물감과 같다"고 말했듯이, 또 단테 가브리엘 로세티Dante Gabriel Rossetti가 친구이자 화가인 번 존스에게 "누군가에게 말 혹은 글로 표현할 수 있는 시적 영감이 있다면 그 사람은 반드시 그것을 그림으로 그려야 한다"고 단언했듯이.

화가가 펜을 든 건 어제오늘 일이 아니다. 비토리오 마테오 코르코스Vittorio Matteo Corcos는 피렌체 유력 잡지에 단편소설을 게재할 만큼 문예적 재능이 뛰어났고, 알프레드 쿠빈Alfred Kubin은 꿈의 세계를 그린 소설 『또 다른 면』과 더불어 수십 권의 책을 발간했다. 『아트지』나 『막스 데스카브 파리-미디 저널』 같은 진보적인 매체에 글을 쓰던 모리스 드

/ 윌리엄 모리스 「아름다운 이졸데」 1858년

블라맹크Maurice de Vlaminck는 '타고난 이야기꾼'으로 불리며 소설과 자서전 등 여러 권의 도서를 출판했고, 오스카 코코슈카Oskar Kokoschka는 수십 권에 달하는 작품을 발표했는데, 그중 『암살자』, 『살인, 여성의 희망』을 포함한 여섯 편의 희곡은 문학적으로 높은 평가를 받았다.

시와 조각 중에 하나를 택해야 한다면 무엇을 고르겠느냐는 물음에 시라고 답할 정도로 시를 사랑한 한스 아르프Hans Arp는 표현주의학파의 정기 간행물과 초현실주의자들이 발행하는 잡지에 삽화와 함께 시를 투고했고, 마스던 하틀리Marsden Hartley는 1918년 문예지 『시』를 시작으로 당대 주요 문학잡지에 시를 실었으며 『25편의 시』, 『바다에 묻다』 등 다수의 저작을 남겼다. 또 윈덤 루이스Wyndham Percy Lewis는 첫 소설 『타르』부터 『신의 원숭이들』, 『자학』을 연달아 발표하며 제2의 재능을 넘어 소설가로 인정받았다. 급기야 그는 말년에 시력을 잃어 더 이상 그림을 그리지 못하게 된 후에도 여섯 권의 책을 완성하며 집필활동을 펼쳤다.

그리고 또 한 명, 윌리엄 모리스William Morris는 젊은 시절 시를 썼다. 오늘날에는 화가이자 장식예술가로 알려져 있지만 생전에는 시인으로 유명했다. 『제이슨의 삶과 죽음』, 『지상낙원』 같은 장편 서사시를 비롯해 각종 기행문과 번역서를 낸 그는 계관시인 칭호를 정중히 거절할 만큼 명예를 지녔었다. 화가와 작가의 재능을 동시에 보여준 일화도 있다. 1857년 옥스퍼드 유니언 벽면에 토머스 맬러리의 『아서왕의 죽음』에 관한 벽화를 그릴 예술가 모임에 참여했다가 그곳에서 미래의 아내인 제인 버든을 만난 그는 그녀를 귀네비어 왕비의 모델로 삼아 「아름다운 이졸데」를 그리고, 얼마 뒤 『귀네비어의 변명과 다른 시들』을 출간하며 두 직업 모두에서 발군의 기량을 선보였다.

그리기와 글쓰기. 이 둘은 밀접한 관계를 맺고 있다. 구태여 여러 말을 보탤 것 없이 인류 최초의 드로잉이 문자였다는 것을 상기하면 당연한지도 모른다. 앞서 언급한 글 쓰는 화가들을 예로 들 수 있듯이, 적지 않은 수의 화가가 시를 썼거나 소설가였으며 지금도 책을 펴내고 있다는 사실은 그림과 글의 만남이 우연이 아님을 입증한다. 표현방식만 다를 뿐 어차피 욕망도 수단도 목적도 같기 때문이다. 무언가를 창조하고자 하는 마음에서 기인한다는 점, 하얀 종이에 자국을 남긴다는 점, 또 세상을 이롭게 하는 예술 본래의 사명을 수행한다는 점에서 그림과 글은 동류다.

## 헌책방

부산에 가면 종종 보수동 헌책방 골목을 찾는다. 한국전쟁 때 피난민들이 국제시장 인근에서 헌책을 팔던 것이 시초로, 세월의 흔적이 고스란히 남아 있다. 두꺼운 볼드체로 '책 삽니다'라고 쓰인 간판이 정겹고 '새 책 같은 헌책'이 있다는 뻔뻔스러운 문구에 미소 짓게 된다. 책을 진열하는 방식에서 주인의 안목과 센스가 돋보이고, 서점의 역사를 담은 흑백사진에서 긍지가 느껴진다. 어느 책방이든 그곳만의 특징이 있어서 그 차이를 느끼는 것만으로 즐겁다. 나이 지긋한 노인부터 귀퉁이에 앉아 만화책을 읽는 꼬마, 한복 입고 데이트하는 연인, 교복 입은 학생까지. 골목 사이사이를 걷다 보면 타임머신을 타고 과거로 돌아간 듯하다.

옛 서적들이 많아 구경거리도 풍성하다. 손때 묻은 고서적들이 즐비하고, 귀퉁이가 닳아서 해진 책이 도처에 널려 있다. 표지가 누렇게 바랜 책들이 책 담을 쌓고 있고, 겹겹이 포개진 책 더미를 보면 거의 없는 책이 없어 보인다. 주인에게 원하는 책을 말하면 불과 몇 초 만에 책을 찾아주는데 참으

루트비히 발렌타
「서재에서」
1943년 이전

로 신기할 따름이다. 한쪽 구석에 다양한 버전의 세계명작소설이 진열되어 있고, 충격적이게 촌스러운 모습에 흠칫 놀라게 된다. 그 밖에도 각종 외국 원서와 시대의 금서, 지금은 절판된 책, 또 구하기 힘든 초판본을 발견하는 재미가 쏠쏠하다. 보물찾기를 하는 기분이다.

가끔은 그런 생각이 든다. 왜 사람들은 헌책방을 찾을까. 아마 그곳에서만 만날 수 있는 무언가가 있기 때문이 아닐까. 우리가 헌책방에서 얻을 수 있는 건 무진무궁하다. 그곳에는 방대한 지식과 지혜가 있고 현재는 만날 수 없는 작가의 숨결이 살아 있다. 시대의 낭만과 추억, 나아가 수많은 사람들의 삶이 녹아 있다. 오랜 역사를 품은 헌책이 새 주인을 만나 재탄생하고 가치 있는 불편함을 택한 사람들에 의해 영원한 생명을 얻는 것을 보면, 책은 소비되어 사라지는 물건이 아니라 저마다의 운명이 있고 나름대로의 생을 살아간다는 사실을 알 수 있다. 헌책방 골목 안내도에 적힌 이 문장처럼.

"책은 살아야 한다."

# 모든 일은 차근차근 이루어진다

윌리엄 체이스William Merritt Chase를 표현할 방법은 이천여 점에 달하는 그의 작품 수만큼이나 다양하겠지만 이렇게 정의할 수도 있다. 한시도 멈추지 않고 자기 세계를 개척한 화가. 그는 지명도나 실력 면에서도 타의 추종을 불허하지만 내가 주목하는 점은 성실성이다. 그는 전 생애에 걸쳐 꾸준한 활동을 펼쳤다. 그림을 그리고 전시회를 개최하며 화가로서의 삶을 이어갔고, 미술학교를 설립하고 화실에서 미술을 가르치며 선생으로서의 생활에도 충실했다. 말년에도 작품활동을 계속했으며 세상을 떠나기 두 해 전까지 학생들을 지도하면서 그림에 대한 열정을 놓지 않았다. 그는 어떻게 이 모든 일을 지치지 않고 해나갈 수 있었을까. 아니, 힘들고 지치면서도 그를 지속시킨 힘은 무엇이었을까. 그 성실함에 혀를 내두를 수밖에 없다.

하지만 어디 체이스뿐이랴. 만약 시력을 잃은 클로드 모네가 좌절해서 그림을 중단했다면 인생 최대 역작인 「수련」 연작은 탄생하지 못했을 것이고, 조르주 쇠라가 커다란 화폭을

윌리엄 체이스
「4번가 스튜디오의 자화상」
1916년

정성스레 채우지 않았다면 「그랑드 자트 섬의 일요일 오후」는 물론 점묘주의의 출현도 없었을 테니까. 언젠가 폴 세잔 Paul Cézanne이 "당신네들 그림은 아직 시작되지도 않았다"고 말한 것도 비슷한 맥락이다. 그림을 창작하는 것과 감상하는 게 다르듯이 그림을 그리는 것과 꾸준히 그리는 건 별개다. 세상에는 그리다가 만 미완성 작품이 얼마나 많은가. 초작만 남기고 사라진 화가는 또 오죽 많은가. 그림을 잘 그린다고 화가가 되지는 않는다. 그림을 계속 그려야 화가가 된다. 화가는 그림으로써, 그림을 계속 그리는 법을 배운 존재다.

세상의 위대한 일은 지속한 것들의 합이다. 처음부터 어떤 거창한 목표를 세우고 전속력으로 달리기보다 지속가능한 발걸음으로 움직이는 자세, 작은 행동을 통해 작은 성공을 만들어내는 근기가 필요하다. 이런저런 이유는 잠시 밀어두고 관성의 법칙을 따를 줄 아는 것, 더디더라도 나만의 속도를 유지하는 것, 즉 움직임의 습관을 들이는 태도가 중요하다. 대단한 추진력이나 인내심이 있어서가 아니라 약간은 미련할 정도의 우직함으로 자신의 길을 뚜벅뚜벅 걸어가는 것이 유일한 비법이자 불변의 진리일 테다. 작은 눈뭉치가 모여 큰 눈덩이로 불어나듯 아주 조금씩 가능해지는 스몰스텝, 잊지 말아야 한다. 모든 일은 차근차근 이루어진다는 것을.

## 열린 자세

나이가 들면서 생길 수 있는 오류 중 하나는 사람이 편협해진다는 것이 아닐까. 내 마음이 외롭기에 나만 생각하고 내 상처가 크기에 타인의 단점만 찾는다. 내 몸이 아프기에 대번 짜증 내고 내 생활이 팍팍하기에 사소한 일에도 성낸다. 내 상황이 힘들기에 세상을 비관적으로만 바라보고 내 인생이 괴롭기에 누군가의 삶을 시기한다. 좋은 어른이란 시간의 흐름에 따라 저절로 만들어지는 것이 아니라 간단없는 노력과 의지의 결실이다. 잘 나이 든다는 건 실로 어렵고 대단한 일이다.

그래서 하는 말인데, 열려 있으려는 마음은 정말 소중하다. 우리는 까딱하면 닫혀버릴 수 있는 존재이기에. 의심하지 않는 신념처럼 무서운 게 없고 성찰하지 않는 인간처럼 시시한 게 없다. 뚜렷한 주관과 맹목적 고집은 한끝 차이며 소신의 다른 이름은 몽니일 수 있다. 고착화된 시선에서 벗어나 유연하게 세상을 관조하는 것, 스스로 만든 틀에서 탈피해 낯선 세계를 받아들이는 것, 이런 태도야말로 나이가

피터 빌헬름 일스테드
「열려 있는 문」
1910년경

들면서 갖추어야 할 덕목일 테다. 열린 자세를 견지할 수 있느냐 없느냐가 인생의 많은 부분을 결정한다.

# 조언

세상에는 두 가지 유형의 사람이 있다. 조언을 구하자 조언하는 사람과 묻지도 않았는데 조언하는 사람. 나는 어느 쪽이든 조언이라는 것은 애초에 하지 않는 게 좋다고 생각한다. 사람은 결국 자신이 하고 싶은 대로 하는 존재이기 때문이다. 조언은 무의미할뿐더러 상처를 주거나 기분만 상하고 끝나는 경우가 많다. 조금만 방심해도, 아니 높은 확률로 폭력적이다. 남미 문학의 거장 보르헤스는 말년에 한 인터뷰에서 청춘들에게 조언해달라는 질문에 이렇게 답한 적이 있다. 나는 이 말이 정답이라고 생각한다.

> "나는 나의 인생조차 간신히 꾸려왔고, 평생을 표류하면서 살았습니다. 조언할 말은 아무것도 없습니다."

해럴드 하비
「비평가들」
1922년

## 아는 만큼 보이지 않는다

'아는 만큼 보인다'는 말에 동의한다. 그것이 상식이고 당연한 이치다. 그러나 이 말은 '아는 만큼 보지 못한다'는 말의 동의어일 수도 있다. 수전 손택이 『해석에 반대한다』에서 "예술에서 고정된 의미를 찾으려고 하기보다 예술을 예술 자체로 경험해야 한다"고 논했듯이, 존 버거가 『다른 방식으로 보기』에서 일반적으로 미술작품을 감상하는 법이 있다는 식의 책들에 반대하며 "꾸준한 감상이 가장 좋은 학습"이라고 강조했듯이, 또 매튜 키이란이 『예술과 그 가치』에서 "예술에 대한 여러분 자신의 반응을 탐험하라"고 권유했듯이, 그림에 있어 중요한 건 학문보다 애정이고 확신보다 질문이며 논리보다 공감이다. 그림이 있어야 할 곳은 언제나 사람들의 가슴속이다.

앎은 지식의 깊이를 깊게 하는 동시에 편견을 강화한다. 작품과 나 사이에 정보가 끼어들면 온전히 보지 못할 수 있다. 그렇기에 안다는 건 즐겁고도 무서운 일이다. 제아무리 많은 책을 읽고, 많은 음악을 듣고, 많은 그림을 보았다고 해

에드가 드가
「루이 에드몽 뒤랑티의 초상화」
1879년

도 그것들을 전부 읽고 듣고 본 것은 아니다. 암만 잘 이해한다고 해도 우리가 아는 건 일부분에 불과하다. 결국 안다는 건 모른다는 것을 전제할 수 있는 태도가 아닐까. 자칫 안다고 생각하는 모르는 사람이 되지 않도록 부단히 주의해야 한다. 내가 아는 건 나는 여전히, 어쩌면 영원히 모른다는 것뿐. 그래서 이런 주장을 해본다. 아는 만큼 보이지 않는다고. 이것은 나를 향한 다짐이기도 하다.

# 포기라는 용기

미술사를 살펴보면 전혀 다른 일을 하다가 화가가 된 경우가 심심찮다. 중간에 직업을 바꾸지 않았다면 그들 개개인의 인생은 물론 미술계의 풍경도 지금과 다르지 않을까? 예컨대 목사인 아버지를 따라 목회자가 되려던 빈센트 반 고흐는 벨기에 몽스 탄광촌에서 설교하다가 광부들의 삶에 깊이 감화되어 화가가 되기로 결심했고, 대학에서 법학을 전공하고 변호사 시험에 최종 합격한 귀스타브 카유보트Gustave Caillebotte는 얼마 후 미술 공부를 시작하며 화가로서의 새 인생을 살았다. 또 파리 세관에서 세관원으로 일하며 통행료 징수 업무를 하던 앙리 루소Henri Rousseau는 마흔 살이 되던 해부터 본격적으로 그림을 그리기 시작해 9년 뒤 22년간 일한 세관에서 은퇴하며 전업화가의 길을 걸었다.

살다 보면 내 길이 아닌 것 같을 때, 잘못된 방향으로 가고 있는 것 같을 때, 맞지 않는 신발을 억지로 신은 것 같을 때가 있다. 그럴 때야말로 무언가를 포기해야 하는 순간이 아닐까. 때로는 재빨리 기권해야 할 때가 있다. 과감히 중지하고

앙리 루소

「생 루이 섬에서 자화상」

1890년

훌훌 털어내야 하는 시기가 있다. 물러나야 할 때 하지 않으면 돌이킬 수 없는 일이 세상에는 존재한다. 반면에 현명한 결정 하나가 새로운 방향으로 길을 터주고, 적어도 잘못된 길에서 벗어나게 하며, 인생을 통째로 바꾸는 동기가 되기도 한다. 만일 고흐가 목회자의 길을 끝까지 고집했다면, 카유보트가 법관이 되기를 멈추지 않았다면, 루소가 세관원 일을 영속했다면 미술사에서 그들의 이름은 찾아볼 수 없었을 테니까.

포기는 실패가 아니다. 용기다. 어떤 일을 지속하는 것이 더 이상 의미가 없음에도 불구하고 지금까지 쏟아부은 시간이 아까워서, 노력한 게 억울해서, 또는 내 선택이 틀렸다는 것을 인정하기 싫어서 그대로 움켜잡고 있는 것만큼 어리석은 일도 없다. 때로 우리는 포기하지 않음으로써 스스로의 발목을 붙잡는 건 아닌지, 자기 자신을 갉아먹는 건 아닌지 모르겠다. 모든 일에 있어 습관적으로 도망치고 그만두기를 반복하는 것도 바람직하지 않지만, 참고 버티는 것만이 능사는 아니다. 스스로에게 진지하고 솔직하게 물었을 때, 바로 지금이라는 확신이 들면 미련 없이 떠나보내는 것도 멋진 결단이다. 내려놓을 땐 내려놓을 줄 알아야 한다. 포기해야만 다음도 있다.

# 인간의 특권

다른 시대에 살고 싶을 때가 있다. 선택할 수 있다면 벨에포크(belle époque, 프랑스어로 '좋은 시대'라는 뜻)가 좋지 않을까. 예술과 문화가 번창하고, 거리에 흥겨운 노랫소리가 흐르고, 사람들에게서 힘찬 에너지가 뿜어져 나오고, 모두가 평화와 풍요를 누리던 시절. 카페마다 예술가들이 토론을 벌이고, 주말이면 갤러리에서 사교 모임을 갖고, 앙리 드 툴루즈 로트레크Henri de Toulouse-Lautrec가 그린 공연 포스터를 보고 물랭루즈에 가던 그때. 어쩌다 들어간 미술관에서 오딜롱 르동Odilon Redon을 만나고, 센강에서 클로드 모네와 담소를 나누고, 에두아르 마네부터 폴 세잔, 빈센트 반 고흐, 폴 고갱, 에드가 드가Hilaire Germain Edgar De Gas, 오귀스트 르누아르, 그리고 앙리 마티스Henri Matisse와 파블로 피카소까지 파리 각처에서 만날 수 있었던 시대. 경험하지 못했기에 신화화된 시절이겠지만 그러면 어떠한가. 상상일 뿐인데. 상상만으로 이렇게 즐거운데.

상상에 대한 경험적 신뢰가 있다. 힘들고 괴로운 일이 있

앙리 드 툴루즈 로트레크
「물랭루즈에서, 춤」
1890년

을 때, 감당할 수 없는 아픔이 몰려와 숨 쉬는 것 자체가 고통일 때 나를 살게 한 건 상상이었다. 무너져버리는 것이 더 자연스러운 시간들을 상상하며 견뎠다. 상상한다고 해서 즉시 해결되는 것은 없지만 상상의 씨앗 하나가 인간을 구할 수 있다는 사실을 깨우쳤다. 상상함으로써 고통을 잊고 슬픔을 떨쳐낼 수 있다는 사실을, 새로이 힘을 얻고 꿈꿀 수 있다는 사실을, 상상의 공간에 자신을 가둠으로써 스스로를 보듬고 지킬 수 있다는 사실을 몸소 체험했다. 상상만이 희망을 실현시킨다는 사실을 알게 되었다.

어쩌면 지금 이 시대에 필요한 능력은 상상력인지도 모르겠다. 타인에 대한 너그러운 상상력. 보이지 않는 것을 보는 예민한 상상력. 현실의 전복을 꾀하는 통쾌한 상상력. 나아질 수 있다는 가능성에 관한 상상력. 상상이란 매혹적인 판타지나 무의식의 표현만이 아니다. 현실에 맞서는 힘, 현재에 발붙여 살 수 있는 에너지다. 쓸데없는 공상이나 헛된 망상이 아니라 지금보다 나은 세계로의 도약이다. 인생에는 상상력을 발휘해야만 하는 순간이 있다. 그러니 그건 상상일 뿐이라는, 상상과 현실은 다르다는 누군가의 말에 상처받거나 움츠러들지 말기를. 실컷 상상하고 또 상상하기를. 인간은 상상할 수 있는 한 살 수 있다. 상상하기에 살아갈 수 있다. 상상은 인간만이 가진 특권이다.

# 모네의 수련처럼

"시민에게 일반 공개할 것. 장식이 없는 하얀 공간을 통해 전시실로 입장하게 할 것. 자연광 아래에서 작품을 감상할 수 있게 할 것."

이는 제1차 세계대전의 종결을 기념하여 클로드 모네가 오랑주리 미술관에 작품을 기증하면서 내건 세 가지 조건이다. 그의 뜻에 따라 만들어진 모네 전시관에 들어가면 「수련」 연작이 파노라마처럼 펼쳐지는데, 첫발을 디디는 순간 방대한 그림 크기에 놀라고 독특한 구도와 동선에 매료된다. 무엇보다 충격적일 정도로 아름다운 색채에 넋을 놓게 된다. 그림을 보기 위해 한국에서부터 비행기를 타고 날아왔건 지나가는 길에 들렀건, 그림에 관한 배경지식이 있건 무지하건, 그곳에 가이드로 서 있건 관람객으로 서 있건 관계없다. 성별과 인종, 나이, 국적, 직업, 종교 및 그 밖의 모든 요소를 뛰어넘어 누구나 감동받을 수밖에 없는 곳. 모네의 바람이 오롯이 이루어지는 세계다.

알려져 있다시피 모네가 수련을 그린 건 말년부터다. 일생

클로드 모네

「수련」

1916-1919년

가난에 시달리다가 경제적으로 여유로워지면서 1890년 프랑스 남부 지베르니에 집을 마련했고 정원의 연못을 가꾸면서 「수련」 연작은 시작되었다. 그는 총 이백오십여 점의 연작을 남겼는데 초기에는 밝고 산뜻한 색채와 또렷한 윤곽선이 두드러지다가 후기로 갈수록 색이 어두워지고 명암과 형태가 모호해지며 추상성이 강해진다. 그 그림들을 시간순으로 나열하면 화가의 마음상태, 병의 진전도, 인생의 변화까지 보인다는 점이 인상적이다. 추상화에 가까운 후기작들은 지병인 백내장으로 인해 눈이 보이지 않으면서도 모네가 마지막까지 그림에 얼마나 많은 열정을 쏟았는지, 온힘을 다했는지 알 수 있다.

수련의 꽃말은 청순한 마음이다. 혼탁한 연못 속에서도 자신의 모습을 잃지 않는 수련처럼 나 역시 그렇게 살고 싶다는 생각을 한다. 세속과 절연한 채 홀로 고고하게 살겠다는 뜻이 아니라 삶이 비루하더라도 맑고 순수한 마음을 간직하며 살겠다는 다짐이다. 진부한 체념에 파묻히기보다 나를 구원할 작은 기쁨을 찾고, 온갖 시련이 닥쳐도 삶의 존엄과 품위를 지키며 살아가고 싶다. 한결같은 마음으로 묵묵히 인생을 꾸려가다 보면 활짝 핀 꽃과 마주할 그날이 오리라 믿는다. 진흙탕 속에 뿌리내리고 있지만 물에 젖거나 더러워지지 않고 마침내 아름다운 꽃을 피운 모네의 수련처럼.

# 온전히 — 나를 위해

## 세상의 첫 아침

12월의 마지막 날, 제주도를 찾았다. 집이 공사 중이라서 차분히 원고 마감할 장소가 필요해서다. 짐을 풀고 곧장 노트북을 켰다. 나에게 주어진 마지막 시간을 소중히 여기며 꼼꼼하게 퇴고했다. 이미 무한 번 읽어본 글이지만 왜 아직도 부족한 것만 같은지. 세상의 대부분이 그러하듯 끝을 내기란 여간 어려운 일이 아니다. 한참을 점검하다가 편집자에게 최종 원고를 송고하고 침대에 쓰러져서 잠이 들었다. 그로부터 몇 시간 뒤, 다시 눈을 뜬 건 햇살 때문이었다. 온몸을 감싸는 태양 빛이 이루 말할 수 없이 포근했다. 오랜만에 느껴본 완전한 평화였다.

창문을 활짝 여니 고운 해가 세상을 고루 비추고 있고, 빛을 받은 나무와 돌이 반짝였다. 뭉게구름이 자석의 N극과 S극처럼 한라산 주변에 모여 있는데 그 모습이 신비롭고 몽환적이었다. 잠시 눈을 감고 귀를 기울이자 갖가지 소리가 귓가에 맴돌았다. 제주에서는 때때로 나뭇가지를 건드는 바람 소리, 종탑에서 들려오는 은은한 종소리, 따르릉대며 지

모리츠 폰 슈빈트
「이른 아침」
1858년

나가는 자전거 소리, 여행객들의 낭자한 웃음소리, 후드득 쏟아지는 빗소리, 맑고 청아한 새소리, 그리고 바위에 부딪치는 파도 소리를 들을 수 있다. 수많은 소리들이 내게 나지막이 속삭이는 듯하다. 해피 뉴 이어.

새해에는 환기력이 있다. 모든 것을 리셋하고 다시 시작할 수 있는 힘. 힘든 일은 깡그리 잊어버리고 좋은 일만 생각할 수 있는 긍정. 지친 몸과 마음을 초기화해서 원래의 상태로 복구하는 시스템. 그러니까 삶을 단번에 회복시키는 무량한 에너지가 있다. 설사 그것이 일시적인 착각에 불과한 것이라 할지라도 그런 기분이 든다. 그리고 이러한 기분은 대단히 중요한데, 정말로 그렇게 신뢰하게 되기 때문이다. 새로 시작할 수 있다는, 더 나아질 수 있다는, 분명 좋은 날이 올 거라는 신망. 삶이 한꺼번에 되살아난다. 세상의 첫 아침, 바야흐로 새해다.

## 버킷리스트

하고 싶은 일이 많다. 다 할 수는 없어도 차츰 해나가는 중이다. 생각해보면 늘 그랬다. 보고 싶은 것도, 듣고 싶은 것도, 먹고 싶은 것도 무수했다. 가고 싶은 곳도, 만나고 싶은 이도, 체험하고 싶은 일도 넘치고 넘쳤다. 나만의 리스트를 가슴에 품고 살았고 수첩은 원하는 내용으로 들어차 있었다. 그중에 하나를 풀어놓자면, 더운 나라에서 겨울을 보내는 것이다. 가령 한겨울에 플로리다에서 수영하기나 푸켓에서 일광욕 즐기기 같은. 유난히 추위를 많이 타서 내게 겨울은 곧 공포인데, 눈부신 햇살 속에서 다사한 겨울을 만끽할 수 있다면 겨울에 대한 두려움이 어느 정도는 사라질 것 같다. 아니, 어쩌면 겨울이 좋아질지도 모를 일이다.

버킷리스트는 자기 자신과의 약속이다. 누군가에게 보이기 위한 행위가 아니라 스스로를 위해 목록을 쓰고 이를 실천해가는 과정이다. 아무도 관심을 갖지 않아도 내게는 소원인 일이 있고, 남들 보기에 쓸데없어 보이더라도 내게는 중대한 일이 있다. 그것들을 죄다 이룰 수는 없겠지만 내용을

/

존 라베리

「플로리다의 겨울」

1927년

적는 것만으로 내가 어떤 사람인지 파악하고 자기 마음에 충실할 수 있다. 다소 허무맹랑한 생각일지라도 내리 꿈꾸면서 원하는 방향으로 나아가게 한다. 하여 후회 없는 삶을 살 수 있도록 이끈다. 이런 버킷리스트의 힘을 믿으며, 이루고자 하는 소망을 다시 한번 꾹꾹 눌러 적어본다. 기록해야 실현될 수 있으므로. 종이에 쓰는 순간 바람은 현실이 된다.

# 아르 드 비브르

'아르 드 비브르Art de vivre'라는 말이 있다. 프랑스인들의 생활 철학을 나타낸 말로 그대로 직역하면 '삶의 예술'이다. 즉 삶 전체가 예술이 될 수 있다는 의미. 먼 데서 찾을 필요 없이 화분에 물을 주며 노래를 흥얼거리고, 테라스에서 와인 한잔의 여유를 즐기고, 음악을 들으며 거리를 걷고, 꽃으로 집 안을 장식하고, 햇살을 조명 삼아 책을 읽고, 좋아하는 글귀를 필사하고, 주말이면 영화를 감상하는 이 모든 게 일상의 예술이다. 하다못해 스탠드 조명 아래서 그림자놀이를 하거나 오므라이스에 케첩으로 하트를 그리는 것도 예술 행위다.

이런 태도를 체화하고 있으면 삶이 한층 더 풍성해진다. 그것을 잘하든 못하든, 쓸모 있든 쓸모 없든 상관없다. 대단하거나 거창하지 않아도 생활 속에서 예술을 하다 보면 어떤 식으로든 영혼이 성장하고 삶이 건강해진다. 예술은 사방에 존재하며 먹고 마시고 웃고 말하고 즐기면서 살아가는 전부가 예술이다. 다시 말해 예술이 곧 삶이고, 삶이 곧 예술이다.

렉스 위슬러

「근위보병 군복을 입은 자화상」

1940년

예술가만 예술을 하라는 법이 없듯이 제각각 예술가가 되어 자신의 삶을 찬란하게 채워갔으면 좋겠다. 최고의 예술품은 저마다의 삶이니 말이다. 한 사람의 삶이 그 어떤 예술보다 아름다울 수 있다.

# 셀프 해피니스

터키 이스탄불의 그랜드 바자르 시장에서 카펫을 샀다. 같이 간 친구는 한국까지 가지고 가려면 짐만 된다며 말렸지만 왠지 끌려서 적지 않은 가격을 주고 구매했다. 심플한 디자인을 선호하는 내게는 극단적으로 화려한 카펫이 취향이라고 할 수 없으나 어떤 아름다움은 모든 걸 초월한다. 게다가 몇 년은 거뜬히 사용할 수 있을 만큼 튼튼하고 질이 좋으니 여러모로 똑똑한 소비가 아닌가. 그렇게 나름의 기준과 고집을 바탕으로 꿋꿋이 구입한 카펫은 비행기를 타고 날아와 지금 내 방에 깔려 있다. 혀를 내두르게 하는 독보적인 정교함과 순란한 무늬로 시선을 끌며 존재감을 드러내고 있다. 영롱한 푸른빛의 카펫. 보고만 있어도 행복하다.

나는 이따금 스스로에게 행복을 선물한다. 그것은 예쁜 물건으로 거처를 꾸미는 일이기도 하고, 기분전환을 위해 미용실에서 머리 모양을 바꾸는 일이기도 하다. 열심히 일한 대가로 여행을 떠나거나 좋은 공연을 즐기는 일이기도 하며, 달콤한 아이스크림으로 하루의 수고를 보상해주기도 한다.

진 에티엔느 리오타르드

「예술가 아내의 초상화, 터키풍 드레스를 입은 마리아 거닝」

1756-1758년

알다시피 삶은 힘들다. 그러니까 무엇이든 찾아야 한다. 시시하고 객쩍은 것이라도 부절히 붙잡아 나를 북돋아주고 보살피는 데 써야 한다. 그것이 각박한 세상에서 자신을 지키고, 망가지거나 파괴되지 않고, 나를 가장 나답게 만드는 방법이다. 이른바 셀프 해피니스. 자기 자신을 행복하게 하는 일은 살면서 배워야 할 중요한 능력 가운데 하나다.

## 실행력에 관하여

"너는 참 신기해. 늘 진짜로 하고 있다는 게."

밥을 먹다가 친구가 건넨 한마디였다. 식사하는 데 정신이 팔려 무심코 넘겼는데, 집에 오는 길에 곱씹게 되는 말이었다. 별달리 잘하는 것 없고 딱히 내세울 만한 점도 없는 나는 평범한 둔재일 뿐이지만 그나마 재능이라고 할 수 있는 건 일단 한다는 것이 아닐까. 겁도 많고 지나치게 복잡하고 걱정과 슬픔을 달고 살고 매번 갈팡질팡하지만, 그럼에도 불구하고 저질러버리는 것, 하면서 생각하는 것, 말하자면 대책 없는 실행력 혹은 행동력 같은 게 있다. 결국 그것이 별 볼 일 없는 내 하루를 지탱하고, 지난한 일상을 버티게 하고, 또 여태까지의 인생을 이끌어온 것이 아닌지.

내가 믿는 실행력이 있다. 크든 작든 해야 하는 일들, 하고자 하는 일을 하나하나씩 해나가다 보면 당장은 멀게만 느껴지더라도 언젠가 손에 잡히는 결과물을 만들어낸다는 것. 이것은 긍정적인 마인드나 낙관적인 기대가 아니라 경험적 믿

조셉 클라이티쉬
「미해결의」
1918년

음이자 체험으로써 깨달은 진리다. 구체적으로 예를 들자면 이런 것이다. 그림을 잘 그리기 위해서는 신선한 영감을 얻고 색다른 경험을 하고 좋은 에너지를 채우는 것이 좋지만 우선 그림을 그리는 게 중요하다. 당연하지 않은가. 생각에 머무르지 않고 행동에 착수하는 것, 그것이 사실 전부다. 비결은 실행하는 것뿐. 먼저 하고 볼 일이다.

무슨 일이든 저지르는 게 중요하다. 시작이 반이라는 말은 높은 비율로 거짓이지만, 시작하면 어떻게든 된다는 것은 참에 가깝다. 행해야만 운도 따르고 적성도 발견하고 실력도 는다. 아무리 재능이 뛰어나도 그리지 않으면 그림이 아니다. 아무리 좋은 아이디어가 떠올라도 쓰지 않으면 글이 아니다. 아무리 사랑이 커도 고백하지 않으면 상대는 알 수 없다. 아무리 우정이 깊어도 만나지 않으면 관계는 단절된다. 바쁘고, 피곤하고, 귀찮고, 실은 두려워서 아무것도 하지 않으면 아무 일도 일어나지 않는다. 결심만큼 공허한 게 없고, 계획만큼 무의미한 것도 없다. 중요한 건 움직이는 것이다.

## 마음 연습

뒤숭숭한 마음을 안고 인천의 자그마한 섬 굴업도에 있는 개머리언덕을 찾았다. 능선을 따라 슬슬 걷다 보니 어느새 도착한 언덕 끝자락. 드넓은 하늘 아래 푸른 초원이 드리워져 있고, 거센 파도가 빚어낸 독특한 해안이 펼쳐져 있었다. 그야말로 절경으로, 너무 아름다워서 눈물이 날 지경이었다. 여기까지 온 심정을 알기라도 하듯 부드러운 미풍이 얼굴을 감싸고, 라디오 주파수 같은 바람 소리가 귓가에 울려 퍼졌다. 은은한 바람결에 푸새들이 흐느적대고, 바람 속에 농후한 풀내음이 가득했다. 바람에 몸을 맡긴 채 흔들리는 주변의 모든 것들. 아니, 진짜 흔들린 건 나무도 잎도 아니었다. 내 마음이었다.

마음도 연습이다. 안 좋은 쪽으로 흘러가지 않도록 단련해야 한다. 나쁜 것이 쌓이지 않도록 비우고 털어내는 일이 필요하다. 우울할 때, 불안할 때, 외로울 때, 슬플 때, 답답할 때 시시때때로 덮쳐오는 감정들. 힘들고 귀찮더라도 자꾸 스스로를 들여다보고 상태를 파악하고 마음을 다스려야만 감정

/ 페르디난드 호들러 「저녁의 고요」 1904-1905년

의 소용돌이에서 나를 구할 수 있다. 억지로 숨기거나 뭉뚱그려서 묻어둘 게 아니라 구석구석에 떠도는 해로운 감정을 샅샅이 헤아리고 이해하며 바람직한 방향으로 전환하려는 노력이 긴요하다. 결국 내 마음은 나에게 달려 있는 것. 마음 연습을 통해 자기 자신과의 건강한 동행을 이어가야 한다.

# 사랑니

이가 시큰거리고 아파서 치과에 갔다. 엑스레이를 찍고 정밀검사를 해보니 원인은 사랑니였다. 옆으로 누운 매복 사랑니가 어금니를 압박했던 것. 발치해야 한다는 의사의 진단에 따라 마취주사를 맞고 마취가 될 때까지 잠시 대기했다가 치료가 시작되었다. 차갑고 낯선 기계들이 입안으로 들어오고, 곧바로 잇몸을 절개한 뒤 사랑니를 몇 개의 조각으로 쪼개서 빼내는데, 소름끼치는 드릴 소리 때문에 괴롭기는 했으나 통증도 느껴지지 않고 진료는 생각보다 금방 끝났다. 피가 좀처럼 멈추지 않아 입안에서 피비린내가 나고 얼굴이 점차 부어올랐지만 집으로 향하는 발걸음이 이상하리만치 가벼웠다. 기이한 해방감마저 들었다.

사랑니가 선사한 경험은 삶에도 대입할 수 있다. 치통이 느껴질 때 대수롭지 않게 넘기면 날이 갈수록 고통이 심해지듯이, 삶에서 일어나는 안 좋은 징후를 알아차리지 못하고 지나치면 심각한 재앙으로 이어진다. 귀찮거나 무섭다는 이유로 치과에 가지 않으면 멀쩡한 치아마저 망가지듯이, 문제

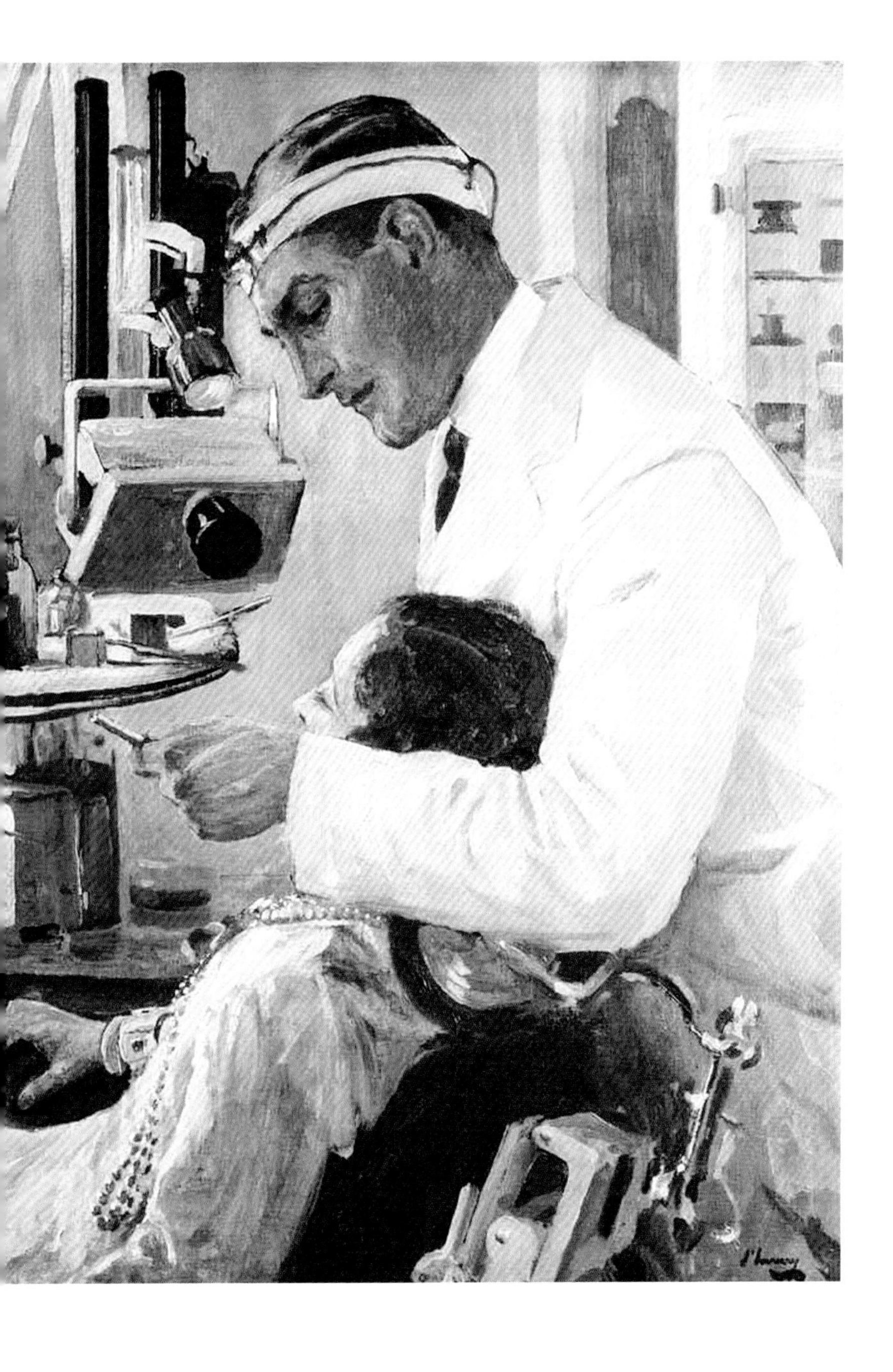

존 라베리 「치과 의사」 1929년 /

가 발생하기 전에 예방하는 것이 최선이며 분명한 해결책을 찾아야 한다. 또 때론 상처를 내서라도 꺼내야 할 치아가 있는 것처럼 아픔을 감수하더라도 처리해야 할 일이 있다. 입안 깊숙이 자리한 사랑니를 발치하듯 삶 곳곳에 숨어 있을지도 모를 폐해는 미리미리 뽑아버리는 것이 좋다.

## 체력이라는 재능

나에게는 마음이 답답하거나 무거울 때 내 기분을 개선할 수 있는 확실한 방법이 있다. 운동을 하는 것이다. 나는 운동으로 누그러들지 않는 슬픔은 거의 없다고 보는 편인데, 잠깐이라도 운동한 날과 그렇지 않은 날은 기분도 컨디션도 다르다. 심란하거나 걱정되는 일이 있어도 운동하고 나면 마음이 한결 편안해진다. 고단하고 번거로울 때도 있지만 운동이 주는 효과는 막대하다. 운동을 통해 얻는 것은 멋진 외모나 날씬한 몸뿐이 아니다. 스트레스를 해소하고 정서안정에 도움을 주며 회복탄력성을 높여 마음의 근력을 키워준다. 그리고 무엇보다 운동의 순기능은 체력증진이 아닐까.

새삼스러운 이야기는 아니지만, 날이 갈수록 체감하는 것은 체력이 전부라는 사실이다. 일도 꿈도 공부도 관계도 성격도 마음도 정신도 체력이 결정한다. 일상생활에 에너지를 불어넣는 근원이자 삶을 보다 더 풍족하게 하는 바탕이 된다. 체력이 강해지면 마음도 튼튼해지고 정신적 역량도 늘어난다. 체력을 기르면 기를수록 일상이 활기차지고 인생은 즐

퍼시 셰익스피어

「테니스」

1937년

거워진다. 모든 것의 시작이자 기초이며 중심인 체력. 세상 만물은 체력에 달려 있다. 체력이야말로 최고의 재능이자 능력이며 자산이다.

# 다시, 런던

오랜만에 찾은 런던은 변함이 없었다. 런던의 상징인 빨간색 이층버스부터 펍에서 맥주 마시는 사람들, 도로를 달리는 블랙 캡, 그리고 변덕스러운 날씨까지도. 누군가는 비틀스의 도시로, 누군가는 해리 포터나 셜록 홈스의 도시로, 또 누군가는 축구의 도시로 기억하겠지만 내게 런던은 미술의 도시다. 문을 열고 들어가면 언제든 윌리엄 터너의 풍경화를 볼 수 있고, 늘 같은 자리에서 빈센트 반 고흐의 자화상이 반겨주는 곳. 길을 걷다가 뱅크시Banksy를 비롯한 세계적인 그래피티 예술가들의 작품을 접하고, yBa그룹(young British artists, 젊은 영국 예술가 그룹)으로 일컬어지는 데미안 허스트Damien Steven Hirst와 마크 퀸Marc Quinn, 트레이시 에민Tracey Karima Emin의 설치미술을 가분히 만날 수 있는 곳. 그러니까 고전부터 현대까지 모든 미술이 망라된 종합미술세트다.

테이트 모던에 있는 파블로 피카소의 「우는 여인」 앞에서 그림 속으로 빨려 들어갈 것 같았던 기억은 지금도 선명하고, 내셔널 갤러리에 소장된 이천삼백여 점의 작품을 다 보

크리스토퍼 네빈슨
「밤의 스트랜드가(街)」
1937년경

겠다며 객기를 부리다가 병이 나서 고생한 일도 생각난다. 호젓한 코톨드 미술관을 걷다가 에두아르 마네의 「폴리베르제르의 바」를 봤을 때의 감동은 잊히지 않고, 테이트 브리튼에서 존 싱어 사전트John Singer Sargent의 「카네이션, 백합, 백합, 장미」와 마주한 경험은 힘든 일이 있을 때마다 기댈 수 있는 안식처가 되었다. 그 밖에도 거리예술가들의 퍼포먼스를 보면서 코벤트 가든을 거닌 날도, 테이트 모던 카페 전망대에서 템스강을 바라보며 커피 한잔의 여유를 즐긴 시간도 마음속에 간직하고 있다.

런던은 내게 각별한 장소다. 생애 첫 해외여행으로 간 도시가 런던이었던 것도 있지만 별별 추억이 많아서인데, 기차를 잘못 타서 브뤼셀로 갈 뻔한 웃지 못할 해프닝부터 다행히 허위신고로 밝혀졌으나 버버리 매장에서 폭탄테러가 예고되어 거리 전체가 폐쇄된 일, 공항에서 요란한 총소리를 듣고 패닉에 빠진 사건까지 떠오른다. 또 타워브리지 위를 걷다가 옛 지인과 반갑게 재회한 일, 현지 가정집에 초대되어 저녁식사한 일 등 조금은 특별한 경험도 있다. 그건 그렇고, 도시에도 인연이 있다면 우리는 언제 또 만날 수 있을까? 히드로 공항에서 한국으로 돌아가는 비행기 표를 끊으며 그리 오래 걸리지 않았으면, 하고 바라본다. 그럼 그때까지 잘 있기를.

## 도시를 걷는 시간

걷기의 종류는 다양하다. 그중에서도 내가 중히 여기는 것은 산책이다. 자유를 만끽하는 일, 모험을 즐기는 일, 휴식을 취하는 일 등 산책이 주는 건 수다하지만 창의적인 일에 큰 도움이 된다. 글을 쓰다가 생각이 막힐 때, 그림이 잘 안 그려질 때 동네 이곳저곳을 활보하면 정신에 활력이 돌고 영감이 샘솟는다. 의식이 환기되어 머릿속에 빈공간이 생기고 창조적인 사고가 가능해진다. 도식화된 생활에서는 떠오르지 않던 아이디어가 길에서 만나는 새로운 풍광에 되살아나고, 발길 닿는 대로 걷다가 마주친 날것 그대로의 존재에 잠재 가능성이 꿈틀댄다. 독창적 사고는 발끝에서 시작되며 산책은 창조의 다른 이름이다.

다수의 화가에게 산책은 중요한 의미였다. 구스타프 클림트는 매일 아침 오스트리아 빈의 쇤브룬 궁전을 걸었고, 안나 앙케Anna Ancher, 마리 크뢰위에르Marie Krøyer 등이 소속된 스카겐 화가 공동체는 덴마크의 스카겐 해변을 소요하며 친목을 다졌다. 귀스타브 카유보트는 플라뇌르(Flâneur, 산책자)

귀스타브 카유보트

「프티 쥬느빌리에에 있는 리처드 갈로와 그의 개」

1884년

가 되어 프랑스 파리의 구석구석을 누볐으며, 마르크 샤갈 Marc Chagall은 생폴드방스의 골목길과 해안을 산보하면서 말년을 보냈다. 또 빈센트 반 고흐는 1874년 동생 테오에게 쓴 편지에서 "산책을 자주 하고 자연을 사랑했으면 좋겠다. 그것이 예술을 진정으로 이해할 수 있는 길"이라며 산책과 예술의 연관성을 언급했고, 파블로 피카소 역시 "숲속을 산책하면서 녹색에 체증을 느낀다면 나는 기필코 그 느낌을 쏟아내어 한 폭의 그림으로 완성해야 한다"고 말한 적이 있다.

산책은 예술적인 행위다. 도시를 걷다가 만나는 흩날리는 꽃잎은 삭막한 마음을 낭만적으로 치환하고, 공원을 거닐다가 아렴풋이 들리는 새소리는 내면에 숨겨진 감성을 일깨운다. 또 우연히 맞닥뜨린 낯설고 생경한 골목은 무한한 호기심과 상상력을 불러일으킨다. 연속적으로 움직이는 발에서 창의적인 생각이 태어나고, 신선한 자극 속에서 기발한 발상이 떠오른다. 눈에 보이는 것뿐 아니라 거리에서 마주치는 소리와 냄새, 자연의 움직임, 그날의 날씨와 온도, 사람들, 그 밖의 풍경이 마음을 다채롭게 물들인다. 걷기야말로 예술적 삶을 사는 손쉬운 방법이자 그 자체가 완벽한 창작 과정인 셈이다. 산책함으로써 일상은 빛나는 예술이 된다.

# 건강은 지킬 수 있을 때 지켜야 한다

주말 내내 아팠다. 요 며칠 피곤한 데다가 스트레스까지 쌓여 몸 상태가 나빠진다는 것을 느꼈는데, 그렇다고 이미 잡힌 일정을 취소할 수도 없어서 무리했더니 탈이 난 것. 새벽녘 으슬으슬한 기운에 잠이 깼을 때 식은땀이 나고 오한이 일면서 온몸이 불덩이처럼 뜨거웠다. 열이 펄펄 끓어 머리가 깨질듯 지끈거리고 바람만 스쳐도 피부가 쓰릴 정도로 몸살 증세가 심했다. 거기에 위염까지 겹쳐서 아무것도 할 수 없는 상태. 글자 그대로 끙끙 앓으며 긴긴밤을 버티다가 아침이 돼서야 겨우 정신을 차리고 병원에 갔다. 독한 약 때문에 감기는 서서히 잦아들었으나 그 후로도 컨디션은 좀체 회복되지 않았다.

이번 일로 새삼스레 깨달았는데, 건강은 결코 자부해서는 안 된다. 평소 잔병치레 없이 건강한 편이서 아프지 않을 거라고, 아프더라도 금세 나을 거라고 자신했던 스스로가 어찌나 민망하던지. 건강은 공짜로 주어지지 않으며 누구에게나 그만큼의 노고가 요구된다. 건강을 유지하는 것은 몹시 피

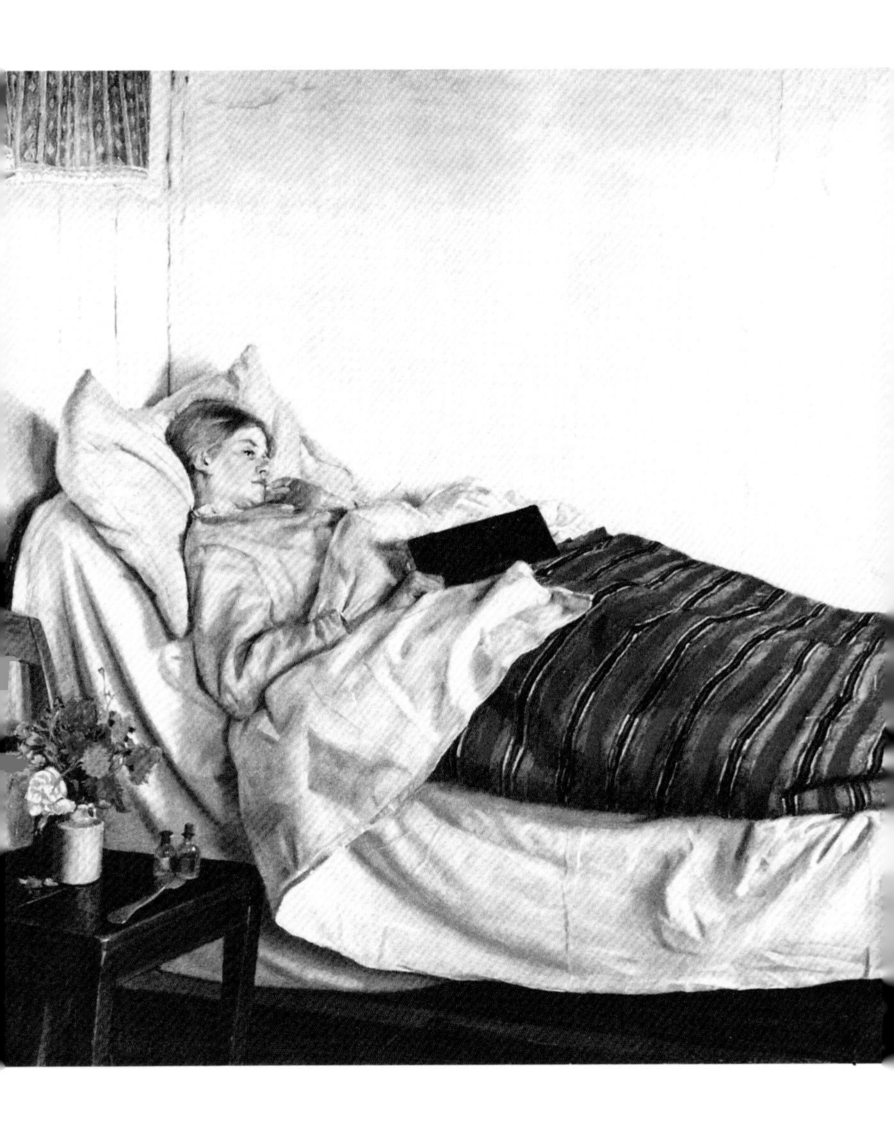

미카엘 앙케
「아픈 소녀」
1882년

곤한 일이지만 지금 피곤하지 않으면 더 골치 아픈 일이 생기기 마련이다. 생물학적으로 우리는 매일 늙어가고, 내일은 하루만큼 더 늙은 내가 기다리고 있다. 자꾸 몸을 소진해 가난하게 하면 어느 순간 이해할 수 없는 몸이 되어 있을지도 모른다. 몸은 관심받고 사랑받고 존중받는 만큼 강건해진다. 두말하면 잔소리지만, 건강은 지킬 수 있을 때 지켜야 한다.

## 공항으로의 도피

여행을 갈 때만 공항을 찾는 것은 아니다. 출국할 계획이 없어도, 떠나는 이를 배웅하거나 돌아오는 누군가를 기다리는 게 아니어도 나는 간혹 공항을 찾는다. 공항 방문이 습관이 된 데에는 그곳에서 일하는 친구를 만나러 가던 것이 효시지만 현재는 불특정 다수에게 받는 에너지 때문이다. 나이도 성별도 제각기고 이름은 물론 직업이나 국적도 알 수 없는, 완벽한 타인이 주는 힘이 있다. 생판 모르는 언어를 사용하는 사람들, 여권을 꼭 쥔 여행자의 손아귀, 공항 스크린을 쳐다보는 또렷한 눈빛, 짧은 시간의 틈을 무언가로 부지런히 채우는 손길, 그리고 어딘가로 분주히 걸어가는 발걸음에서 왠지 모를 기운을 얻는다. 복잡하고 뒤엉킨 공간에 몸을 숨긴 채 생기를 얻을 수 있는 공항은 내게 일종의 도피처다.

공항을 방문하는 것은 삶을 재생하기에 꽤 괜찮은 방법이다. 황망한 하루, 쫓기듯 오간 스케줄을 뒤로하고 숨 돌리는 시간이자 심신을 달래고 활력을 되찾을 수 있는 기회다. 끝

에릭 레빌리어스

「활주로의 전망」

1942년

없이 펼쳐진 활주로의 지평선을 바라보면 어언간 내면의 소음이 가라앉고 곤두섰던 정신이 무장해제된다. 이착륙을 반복하는 비행기의 움직임을 살피면 나도 모르는 새에 안 좋았던 기억들, 복잡한 세상일까지 잊게 된다. 간간이 울리는 안내방송 소리에 귀 기울이면 주위가 적연해지면서 마음에 평온이 깃든다. 익명의 군중 속에서 자발적 아웃사이더가 되어 부유하다 보면 사람과 사람 사이의 간격만큼이나 독립된 자유를 누릴 수 있다. 고요하게, 차분하게, 가만하게, 그렇게 하루는 마무리되어간다.

# 건강한 체념

삶을 살아가는 데 있어 나름의 목표를 세우고 이를 실천하기 위해 열심히 노력하는 것도 중요하지만, 반대로 내가 어떻게 할 수 없는 일이나 이미 지나간 일에 대한 체념도 중하다. 한 발짝 물러서기, 그냥 내버려 두기, 훌훌 털어버리기와 같은 자세를 취해야 할 때가 있는 것이다. 너무 집중하면 보는 것만 보이고 너무 간절하면 이루어질 일도 안 이루어진다. 너무 무리하면 문제가 생기기 마련이고 너무 잘하려고 하면 역효과가 날 수 있다. 지치지 않고 멀리 가기 위해서는 조금 거리를 두고 힘을 빼는 것, 이를테면 건강한 체념이 필요하다. 적당한 수용 없이 인간이 온전하기란 불가능하며, 때론 단념이야말로 삶의 유용한 지혜임을 잊어서는 안 된다. 건강한 체념이 인생을 아름답게 한다.

파블로스 사미오스
「모닝 커피」
2008년

## 책상과 환경

내 책상 풍경은 이러하다. 데스크톱과 키보드가 중심에 자리하고 있고, 손목 보호를 위해 마우스 대신 수년째 사용 중인 태블릿이 자판 옆에 놓여 있다. 상판에 노트와 포스트잇, 몇 권의 책, 미완성 원고가 올라와 있으며, 연필꽂이에는 자주 쓰는 필기구들이 질서정연하게 서 있다. 서랍 안에는 각종 명함과 메모지, 스테이플러, 메모리카드, 그리고 당 충전을 위한 약간의 초콜릿이 있다. 아침저녁으로 책상을 닦는 것이 매일의 의식이기 때문에 먼지 쌓일 겨를이 없고, 꼭 필요한 물건이 아니면 수시로 처분한다. 깔끔하고 단정한 책상, 이것이 나에게 맞는 '글 쓰는 환경'이다.

환경의 중요성은 백번 강조해도 지나침이 없다. 차갑고 단단한 얼음도 햇빛에 두면 녹는다. 맑고 깨끗한 물도 고여 있으면 썩는다. 이것이 환경의 힘이다. 환경의 영향력은 크고 강해서 우리의 생각, 감정, 건강, 욕망, 태도 등을 결정한다. 인간은 환경에 지배받는 존재고, 환경과 무관한 이는 아무도 없다. 이는 다시 말해 환경을 바꾸지 않으면 아무것도

세르게이 비노그라도프
「실내의 여인」
1924년

바뀌지 않는다는 것. 열정, 근기, 의지, 인내 같은 것은 다음 문제다. 사람마다 기준이나 처지는 다르겠으나 자신에게 적합한 환경이 무엇인지 알고, 내가 할 수 있는 범위 내에서 더 나은 환경을 만들어가는 자세가 중요할 테다. 사람이 환경을 변화시킬 수 있지만 환경도 사람을 변하게 한다는 사실을 기억하며.

# 쓸데없는 일

잠이 오지 않아 뒤척이다가 새벽 한 시, 주방의 불을 켰다. 냉장고에서 물을 꺼내 마시고 가스 밸브를 점검하고 공연스레 그릇장을 열어보며 어슬렁대다가 한쪽 구석에 있는 상자가 눈에 들어왔다. 뚜껑을 들춰보니 감자가 그득했다. 그동안 감자의 존재를 까맣게 잊고 있었는데 재료 손질을 할 수 있는 절호의 기회였다. 캄캄한 밤에 잠은 안 자고 쓸데없는 일을 벌이는 내가 한편으로는 한심하게도 느껴졌지만 아무려면 어떠랴. 할 일이 생겼다는 사실에 기뻐하며 얼른 앞치마를 매고 식탁 앞에 섰다. 아니, 어쩌면 감자 다듬기를 빙자하여 오만 가지 잡념으로부터 벗어나고 싶었는지도 모른다.

감자를 깨끗이 씻고 껍질을 벗기고 싹이 난 부분을 도려내자 하얗고 매끈한 감자가 속살을 드러냈다. 찌개용 감자는 반달 모양으로 도톰하게 썰고, 볶음용 감자는 얇게 채 썰고, 탕이나 찜에 넣을 감자는 깍둑썰기해서 용도별로 소분했다. 그리고 남은 자투리 감자를 모아 도마에 올린 뒤 잘게 다졌

/ 알베르트 안케 「감자 껍질을 벗기는 소녀」 1886년

다. 모양은 형편없었지만 칼의 방향을 바꿔가며 찬찬히 썰고 또 썰었다. 어차피 다지기는 칼솜씨가 아니라 한가함의 문제니까. 그렇게 얼마의 시간 동안 칼질하다 보니 아무 생각이 없어지면서 기분도 풀리고 심란한 마음이 가벼워지는 듯했다. 모든 걸 잊을 수 있는 단순노동. 그러고 보면 세상에 쓸데없는 일은 없는 것이다.

## 일상의 기적

'깨진 유리창 법칙'이라는 것이 있다. 유리창이 깨진 자동차를 거리에 방치하면 사회질서가 무너졌다는 메시지로 읽혀서 범죄가 확산된다는 이론으로, 사소한 무질서를 가만두면 큰 문제로 이어진다는 의미다. 나는 이것을 범죄학뿐 아니라 일상에도 적용할 수 있다고 생각한다. 일상은 알아서 굴러가지 않는다. 건강한 일상을 영위하려면 지속적인 관리가 뒤따라야 한다. 어떤 거창한 것이 아니라 아침에 일어나자마자 침구를 정돈하는 것, 설거지를 그때그때 하는 것, 정해진 곳에 안경을 벗어두는 것 등 주변 사물이 자기 영역에서 맡은 바 소임을 잘하도록 살피고 여러 가지 불균형 상태를 시정하는 일, 집안 시스템이 온전히 굴러가도록 만드는 비정상화의 정상화다.

괜스레 울적하거나 심적으로 지친 상태라면 더욱이 그렇다. 삶이 덜커덩거릴 때면 일상을 체크해보는 것이 좋다. 밥은 굶지 않았는지, 물은 챙겨 먹었는지, 집 안의 환기를 시켰는지, 청소는 했는지, 햇빛을 쐬었는지, 잠은 충분히 잤는지.

존 프레데릭 루이스
「낮잠」
1876년

이 모든 것을 통과했는데도 문제가 해결되지 않으면 걱정은 그때 해도 늦지 않다. 우리를 괴롭히는 불안, 근심, 두려움 같은 감정에서 벗어나기 위해서는 일상을 유지하는 게 최상의 해결책이다. 하루하루를 성실하게 살아갈 수 있다면 어지간한 슬픔은 견딜 수 있다. 제때 식사하고 틈틈이 산책하고 알맞게 일하고 적당히 잠을 자면 대부분의 문제는 사라진다. 복잡한 정신은 단순한 일상으로부터 해소되며 규칙적인 생활만이 삶을 수호한다. 이것이 내가 신뢰하는 일상의 기적이다.

# 별을 사랑하는 사람

어스름이 내려앉은 저녁, 환기미술관을 찾았다. 갑자기 김환기의 그림이 보고 싶어져서. 적막에 가까울 정도로 고요한 분위기 속에 한 발 한 발 내디디며 전시장을 걸었다. 도쿄시대부터 서울시대, 파리시대, 후기 서울시대, 그리고 뉴욕시대의 작품이 순서대로 이어졌다. 거대한 크기의 캔버스와 화폭에 번진 점들, 또 웅숭깊은 색채에 반하지 않을 도리가 없었다. 그가 직접 만들어서 사용한 물감과 색상대조표, 신문지 그림이나 오브제 작품까지 감상할 수 있었다. 그렇게 전시에 푹 빠져 걷다 보니 어느덧 삼층 꼭대기에 다다랐다. 그의 대표작이 모인 하이라이트로, 그중에서도 나도 모르게 한 그림 앞에 멈춰 섰다. 일순간 마음을 압도해버린 그림. 「우주」였다.

이 그림을 보다가, 아니 정확히는 느끼다가 울컥했다. 목구멍에 뭔가 뜨거운 것이 차오르며 금방이라도 눈물이 날 것 같았다. 시공간이 멈춘 느낌으로 형언할 수 없는 세계에 들어선 듯했다. 그림의 제목처럼 우주를 유영하는 듯하고 떨

김환기, Universe 05-IV-71 #200, 1971, 코튼에 유채, 254×254cm ©환기재단 · 환기미술관

/

김환기

「우주」

1971년

어지는 은하수와 정면으로 마주한 듯싶기도 했다. 그림이 내뿜는 광대무변함에 사로잡혀 순순히 서 있을 수밖에 없었다. 1971년 뉴욕 포인덱스터 갤러리에서 열린 개인전에서 처음 세상에 공개된 이 그림은 전시 포스터로 사용되었을 만큼 화가가 좋아한 작품이다. 언뜻 보면 한 점의 그림처럼 보이지만 두 점의 독립된 작품이 합쳐져서 하나의 형태를 이루는 모습으로, 별개의 공간이 연결되어 완벽한 우주가 형성된다는 철학적 관점이 돋보인다.

김환기는 자신의 에세이집 『어디서 무엇이 되어 다시 만나랴』에서 "내가 그리는 선, 하늘 끝에 더 갔을까. 내가 찍은 점, 저 총총히 빛나는 별만큼이나 했을까"라고, "별들이 있어서 외롭지 않다"고 술회했다. 그는 뉴욕이라는 낯선 타국에서 밤하늘에 뜬 별을 새며 고향을 그리워하고, 어두운 밤을 지새우며 고독을 견딘 것이 아니었을까. 쏟아지는 별빛을 바라보며 숱한 시련을 이겨내고, 더욱 힘을 내어 화가로서의 꿈을 이루어나간 것이 아니었을까. 그의 「우주」가 수많은 별을 담고 있듯이 그의 마음에는 헤아릴 수 없는 별이 반짝반짝 빛나고 있었을 테다. 별처럼 빛났던 그의 꿈, 노력, 땀, 열정, 그리고 생의 시간들. 별을 사랑하는 사람은 밤을 두려워하지 않는다.

# 무지개는 뜬다

자매가 들판에 앉아 있다. 남루한 행색과 투박하고 거친 손, 그리고 무릎에 놓인 아코디언으로 봐서 거리의 악사인 듯하다. 느닷없이 쏟아지는 소나기에 당황한 것일까. 하늘에 먹구름이 끼어 있고 그들은 옷을 함께 뒤집어쓴 채 비를 피하고 있다. 손을 맞잡고 서로에게 의지하는 모습이다. 동생은 눈이 보이지 않는 언니를 대신해서 연신 하늘을 바라보며 날씨를 확인한다. 그렇게 얼마의 시간이 흘렀을까. 흐렸던 하늘이 점점 맑아지더니 영롱한 쌍무지개가 나타났다. 이윽고 비가 그친 것이다. 이제 그들에게도 좋은 일이 생길 것만 같다. 언니의 어깨에는 이미 행운의 나비가 살포시 내려앉았다.

이는 존 에버렛 밀레이John Everett Millais의 「눈먼 소녀」에 대한 묘사다. 자연의 영감을 중시한 유파인 라파엘전파의 거장답게 자연의 경이로운 순간을 표현한 이 그림은 1854년 여름, 밀레이가 영국 서섹스의 윈첼시 지방 근처에 머무는 동안 실제 모델을 보고 그린 것이다. 각박한 현실에서도 소

존 에버렛 밀레이 「눈먼 소녀」 1854-1856년

망을 품고 살자는 뜻이 담긴 이 작품은 많은 이들에게 희원의 표상으로 여겨지는데 개인적으로도 남다른 의미가 있다. 삶을 살아가다가 어려움에 봉착하거나 고질적인 절망감에 빠질 때면 나를 구해주었던 그림이기에. 실낱같은 희망이라도 붙잡고 싶을 때면 한참 동안 바라보며 위안받은 그림이기에.

희망은 있다. 이런 말은 늘 실패하는 말이지만 밀레이의 그림은 자꾸 이 말을 믿고 싶게 한다. 혹여 이 말에 일말의 진실이 있다면 그의 그림은 아마도 최후의 보루이리라. 고통 뒤에 희망이 찾아온다고 섣불리 말할 수 없으나 희망을 믿지 않는다면 희망은 생기지 않는다는 것이 삶의 진실이다. 곧 비가 그치고 태양이 뜰 거라는 믿음, 당장 손에 잡히지 않아도 언젠가 나비가 훨훨 날아들 거라는 믿음, 지금은 보이지 않아도 저 너머에 아름다운 세상이 기다리고 있을 거라는 믿음이 필요하다. 삶은 믿는 쪽으로 흘러가는 법이니까. 또다시 실패할 것을 알면서도 계속 믿는 마음은 그래서 유효하다. 무지개는 뜰 것이다.

# 오늘이 마지막 날인 것처럼

"통영 갈래?"

"지금?"

"응, 갑자기 바다가 보고 싶네……."

"그래!"

친구의 말 한마디에 여행이 일사천리로 이루어졌다. 고속도로를 달려 통영에 도착하자마자 따끈한 굴국밥을 먹고, 지역의 명물인 꿀빵을 잔뜩 사서 달콤함에 취하고, 썰매의 일종인 루지를 몰며 트랙을 활주하고, 또 아기자기한 벽화마을을 이리저리 둘러보았다. '동양의 나폴리'로 불리는 곳답게 유달리 바다가 아름다웠는데, 맑고 투명한 물빛을 내려다보는 것만으로 마음이 정화되는 듯했다. 인적 없는 해변을 누비며 시원한 바닷바람을 맞고, 춤인지 몸부림인지 모를 친구의 율동을 보면서 키득키득 웃음을 터뜨리고, 핑크빛으로 물든 노을을 바라보며 여유를 만끽했다. 어찌 보면 특별한 사건이나 상황 없이 소소한 일들의 연속이었지만 잊을 수

존 싱어 사전트

「로지나, 카프리」

1878년

없는 또 하나의 추억이 되었다.

나는 언제까지나 사소한 것들에 크게 기뻐하며 살고 싶다. 자주 환호하고 거듭 감탄하고 열렬히 사랑하며 살아가고 싶다. 누군가 "어디가 좋대"라고 말하면 "거기 가서 뭐해. 피곤하고 사람 많고 시간만 아깝지."라며 초를 치는 것이 아니라 "같이 가볼까?"라고 공감하는 사람이 될 것이다. "차라리 그 돈이면……"이라고 타박하기보다 "재미있겠다!"라고 함께 열광하는 사람이 될 것이다. 집에서도 하늘이 보이지만 때로 푸른 하늘을 보러 산에 오르고, 옷이 더러워질 걱정 따위 하지 않고 신나게 눈밭을 뒹굴고, 꽃 값을 아까워하기보다 시들 것을 알면서도 기꺼이 꽃을 사는 사람이고 싶다. 현명하기보다 행복한 사람, 훌륭하기보다 자유로운 사람이고 싶다. 알프레드 디 수자의 이 유명한 시처럼.

> 춤추라, 아무도 바라보고 있지 않은 것처럼.
> 사랑하라, 한 번도 상처받지 않은 것처럼.
> 노래하라, 아무도 듣고 있지 않은 것처럼.
> 일하라, 돈이 필요하지 않은 것처럼.
> 살라, 오늘이 마지막 날인 것처럼.
>
> —알프레드 디 수자, 「사랑하라, 한 번도 상처받지 않은 것처럼」

# 사랑스러운 나의 집

별다른 것 없는 일요일이다. 밀린 빨래를 널고 진하게 커피를 내리고 늘 먹던 반찬을 꺼내 먹고, 모든 게 시곗바늘 돌아가듯 원활하고 자연스러운 시간. 서가에서 책 한 권을 뽑아 읽다 보니 어느새 길어진 그림자가 발끝에 와 닿는다. 창문의 형태가 길어지는 오후 두 시다. 다사한 햇살 속에서 주말의 여유를 만끽하다 보니 두연 그런 생각이 든다. 날마다 크고 작은 행복이 찾아오지만 그것을 인식하지 못한 채 지나쳐버린 것은 아닌지. 나는 진짜로 일상의 기쁨을 향유하며 살고 있는지.

주위를 둘러보니 많은 것이 눈에 들어온다. 베란다 너머로 보이는 칠월의 잎사귀들, 빨갛게 익어가는 토마토, 계절의 질감이 느껴지는 신선한 공기, 몸 바쳐 충성을 다하고 있는 의자, 이제 막 할부기간이 끝난 컴퓨터, 친구가 만들어서 보내준 세상에 하나밖에 없는 청포도잼, 뉴욕에서 날아온 반가운 편지, 아무렇게나 쌓여 있는 책들, 따뜻한 빵과 커피, 플레이 버튼을 누르면 흘러나오는 카펜터스의 음성, 지난여

세르게이 비노그라도프
「햇살」
1913년

름 그리스에서 찍은 바다 사진, 그리고 방 안을 가득 메운 빛, 빛, 빛, 빛들. 이토록 소중한 것이 곳곳에 존재하고 있구나. 화려하지 않아도 사랑스러운 나의 집. 삶은 이미 반짝이고 있다.

# 에필로그

/

어쩌면

사적이지

않은

/

"며칠 전부터 어머니께 답장을 쓰려 했지만 아침부터 밤까지 그림을 그리느라 정신이 없어 편지 쓸 틈을 내지 못했습니다. 시간이 어찌나 잘 가는지요. 어머니께서도 요즘 저처럼 테오와 제수씨 생각을 많이 하실 거라 생각해요. 무사히 분만했다는 소식을 듣고 어찌나 기뻤던지요. 월이 도와주러 가 있다니 정말 다행입니다. 사실 전 태어난 조카가 아버지 이름을 따르기를 무척 원했답니다. 요즘 아버지 생각을 많이 하거든요. 하지만 이미 제 이름을 땄다고 하니, 그 애를 위한 침실에 걸 수 있는 그림을 그리기 시작했어요. 파란 하늘을 배경으로 하얀 아몬드 꽃이 만발한 커다란 나뭇가지 그림이랍니다." —빈센트 반 고흐, 『반 고흐, 영혼의 편지』

빈센트 반 고흐

「꽃 피는 아몬드 나무」

1890년

이는 빈센트 반 고흐가 1890년 2월 어머니에게 쓴 편지의 일부다. 글에서도 알 수 있듯이 당시 고흐는 조카의 출생을 축하하기 위해 그림을 그리고 있었는데, 그 그림이 바로 「꽃 피는 아몬드 나무」다. 프랑스 생레미의 생폴정신병원에서 생활할 때 사랑하는 동생 테오의 아들이자 자신의 이름을 딴 조카가 태어났다는 소식을 듣고 크게 기뻐한 그는 아몬드 나무가 하늘로 뻗어 나가는 모습을 화폭에 담았다. 아몬드는 봄의 전령으로 일찍 꽃을 피우는 나무이기에 그것으로 상징되는 생명력을 탄생의 환희로 표현한 것이다. 그리고 이해는 그의 생애 마지막 봄이 되었다.

이 그림을 그릴 당시 고흐는 불과 몇 달 뒤 본인이 죽음을 맞이하리라는 사실을 알고 있었을까. 자신의 그림이 조카의 선물을 넘어 희망의 상징으로 여겨질지 예상했을까. 한 세기가 훌쩍 지난 오늘날까지도 많은 이들에게 사랑받을 거라고 기대했을까. 또 어머니와 나눈 사적인 편지의 내용이 대중에 널리 공개되리라고 짐작이나 했을까. 고흐가 그린 그림 속에는 화가가 직면한 상황과 마음상태, 소망 혹은 바람, 가족관계, 계절의 변화나 미적기준 등 사적인 요소들이 무수하다. 개인적인 이유로 그려지고 주관적인 마음이 표현되었으며 특별한 사연이 담겨 있다.

이렇듯 모든 그림은 사적이다. 필연적으로 개별성을 지닌다. 그 어떤 소재나 대상을 다룬다고 해도 그림은 화가와 분리될 수 없다. 주제 선정부터 그림이 그려진 계기, 그림 속에 숨은 얘깃거리 등 화가의 사적인 특성을 내포한다. 그림의 재료나 크기도 화가의 사적인 선택이고 그림의 형태와 색, 구도도 화가의 사적인 결단이다. 그림의 화풍과 화법도 화가의 사적인 결정에 포함되며 그림에 찍힌 낙관이나 사인까지도 화가의 사적인 정체성을 드러낸다. 그림은 화가의 특수한 조건들이 모여 탄생하며 독자적인 요소를 제외하고 존재할 수 없다. 요컨대 그림은 사적인 산물이다.

한데 아이러니하게도 그림이 소환하는 이야기는 언제나 공적인 성격을 띤다. 오로지 사적인 연유로 탄생했다고 해도 공개와 동시에 그림은 공적인 대상이 된다. 화가 개인이 가진 서사적 한계에 머물러 있다 해도 보는 이들의 견해와 시각에 따라 변화무궁하다. 아무리 독립적인 것으로 정의하더라도 그림이 전하는 것은 화가의 사연을 단순 복사하거나 개인적인 일을 기술하는 게 아니라 그것을 매개로 세상에 가닿는 것이다. 그림은 필시 공동체적 가치를 지향하며 사회적 의미를 갖는다. 한 개인의 이야기를 넘어 무한의 세계로 확장되는 것, 거기에 그림의 역할이 있다.

이제 와 하는 고백이지만, 가장 사적인 이야기로 가장 사적이지 않은 이야기를 전하고 싶었다면 그건 나의 욕심일까.

가장 사적인 것이 가장 사적이지 않은 것일 수 있다는 생각에서 이 책은 출발했다. 타인의 얘기를 통해 자신의 마음을 들여다볼 수 있다면 그것은 더 이상 개인의 것만이 아니다. 똑같은 일을 겪지 않았다 해도 같은 질문을 떠올릴 수 있다면 색다른 사건은 보편적인 사연이 된다. 사적인 것과 공적인 것은 명확하게 구분되지 않고 둘은 연결되어 있어 무엇도 배제하거나 외면할 수 없다. 사적인 것과 공적인 것은 대립이 아니라 공존 가능한 것이리라.

누구에게나 자기만의 이야기가 있다. 나만이 알고 나만이 느끼며 나만이 기억하는 나만의 이야기. 그 내용은 가지각색이겠지만 저마다 사적인 영역을 지키며 살아갔으면 좋겠다. 그것이 나와 세상을 동시에 지킬 수 있는 길이므로. 개개인의 삶이 쌓여 세상이 구성되듯 우리가 각각의 나로 존재할 때 세상도 존재할 수 있다. 한 사람이 온전할 때 비로소 사회 전체도 온전해진다. 살다 보면 힘들고 지치는 날도 있겠으나 묵묵히 자신의 일상을 꾸려가기를, 본인의 고유한 특성을 잃지 않기를, 스스로를 믿고 보살피고 사랑하고 긍정하기를, 그리하여 그 누구도 아닌 자기 삶을 살아가기를 응원한다.

끝으로 덧붙이자면, 사사로운 이야기로 이루어진 이 책을 통해 누군가 자신의 사적인 세계를 돌아볼 수 있는 시간이 되었다면 더 이상 바랄 게 없다. 앞서 언급했듯이 나는 보잘

것없고 하찮고 쓸데없어 보이는 일도 목소리를 냈을 때 힘을 가질 수 있다고, 그것을 호명하고 공유하는 것만으로 가치를 갖는다고 믿는다. 모두 각자의 사적인 범위를 견지하며 살아가고 서로가 서로의 사적인 영역을 존중한다면 세상은, 그리고 개개인의 삶은 지금보다 완전해지리라고 믿어 의심치 않는다. 그런 의미에서 나는 이 책의 첫 문장을 다시 쓰고 싶다.

나와 당신은 같고, 개인과 세계는 하나다.

# 도판 목록

표지 | 펠리체 카소라티Felice Casorati 「레드 카펫 위의 소녀Girl on a Red Carpet」 1912년, 캔버스에 유채, 101×109.5cm, 겐트 미술관

## 내가 좋아하는 것

● 루이스 히메네스 이 아란다Luis Jiménez y Aranda 「스튜디오에서In the Studio」 1880년경, 클레들 패널에 유채, 크기미상, 개인소장

● 프란체스코 배로드François-Emile Barraud 「재단사의 수프La Tailleuse de Soupe」 1933년, 캔버스에 유채, 87×92 cm, 개인소장

● 조르조 모란디Giorgio Morandi 「정물Still Life」 1956년, 캔버스에 유채, 40×35 cm, 개인소장

● 조지 반 누필George van Nuffel 「어린 예술가The Young Artist」 연도미상, 캔버스에 유채, 53.3×70.5cm, 개인소장

● 프레드릭 칼 프리스크Frederick Carl Frieseke 「골드 로켓The Gold Locket」

1917-1919년, 보드에 유채, 74.9×74.9cm, 개인소장

● 후지타 쓰구하루Tsuguharu Foujita 「카페에서At the Cafe」 1949년, 캔버스에 유채, 76×64cm, 퐁피두센터

● 윌리엄 존슨William H. Johnson 「아이스크림 판매대에서의 어린이들Children at Ice Cream Stand」 1939-1942년, 템페라와 펜, 종이에 연필과 잉크, 32.0×38.0cm, 스미스소니언 미술관

● 코지마 토라지로Torajiro Kojima 「책 읽는 여인Woman Reading」 1921년, 캔버스에 유채, 116×89.5cm, 겐트 미술관

● 오귀스트 르누아르Pierre-Auguste Renoir 「보트 파티에서의 오찬Luncheon of the Boating Party」 1880-1881년, 캔버스에 유채, 130.2×175.6cm, 필립스 미술관

● 찰스 커트니 커란Charles Courtney Curran 「언덕 위에서On the Heights」 1909년, 캔버스에 유채, 76.4×76.4cm, 브루클린 미술관

● 윌리엄 헨리 마겟슨William Henry Margetson 「주부The Lady of House」 1930년, 캔버스에 유채, 76×51cm, 개인소장

● 크리스 제닝스Chris Jennings 「비아 골도니, 밀라노Via Goldoni, Milano」 1908년, 캔버스에 아크릴, 122×183cm, 국립 축구 박물관

● 바실리 칸딘스키Wassily Kandinsky 「스카이 블루Sky Blue」 1940년, 캔버스에 유채, 100.0×73.0cm, 퐁피두센터

● 세이무어 조셉 가이Seymour Joseph Guy 「골디락스의 이야기Story of Goldilocks」 1870년경, 캔버스에 유채, 86.4×71.1cm, 메트로폴리탄 미술관

- 프레데리크 바지유Frédéric Bazille 「물놀이(여름 장면)Bathers(Summer Scene)」 1869년, 캔버스에 유채, 158×158cm, 하버드포그 미술관
- 조지 클로젠George Clausen 「학생The Student」 1908년경, 캔버스에 유채, 64.2×76.5cm, 브라이튼 앤드 호브 박물관 및 미술관
- 월터 웨슬리 러셀Walter Westley Russell 「신발 끈을 묶는 여자Tying Her Shoe」 1910년경, 캔버스에 유채, 93×73.5cm, 올덤 갤러리
- 구스타프 클림트Gustav Klimt 「아터제 호수의 섬Island in the Attersee」 1901년, 캔버스에 유채, 100×100cm, 개인소장
- 유진 포렐Eugène Forel 「프랑스어 무성영화 관객French Silent Cinema Audience」 1914년, 캔버스에 유채, 50.5×65.5cm, 시네마 미술관
- 펠리체 카소라티Felice Casorati 「레드 카펫 위의 소녀Girl on a Red Carpet」 1912년, 캔버스에 유채, 101×109.5cm, 겐트 미술관

## 나와 당신의 이야기

- 아우구스투스 레오폴드 에그Augustus Leopold Egg 「여행 동반자The Travelling Companions」 1862년, 캔버스에 유채, 65.3×78.7cm, 버밍엄 박물관 및 미술관
- 해럴드 하비Harold Harvey 「나의 부엌My Kitchen」 1923년, 캔버스에 유채, 100.5×77.5cm, 올댐 미술관
- 제임스 워커 터커James Walker Tucker 「도보 여행Hiking」 1936년경, 패널에 템페라, 51.2×60.3cm, 라잉 미술관

- 윌리엄 맥그리거 팩스턴William McGregor Paxton 「찻잎Tea Leaves」 1909년, 캔버스에 유채, 91.6×71.9cm, 메트로폴리탄 미술관
- 에두아르 마네Edouard Manet 「에밀 졸라의 초상Portrait of Emile Zola」 1868년, 캔버스에 유채, 146×114cm, 오르세 미술관
- 조지 클로젠George Clausen 「울고 있는 젊은이Youth Mourning」 1916년, 캔버스에 유채, 91.4×91.4cm, 임페리얼 전쟁박물관
- 악셀리 갈렌 칼렐라Akseli Gallen-Kallela 「가면Démasquée」 1888년, 캔버스에 유채, 65.5×54.5cm, 아테네움 미술관
- 라몬 카사스Ramon Casas y Carbo 「야외 인테리어Interior at Outdoors」 1892년, 캔버스에 유채, 160.5×121cm, 카르멘 티센보르네미서 컬렉션
- 루이 베루Louis Beroud 「루브르 미술관에서 무릴료를 모사하는 화가Painter Copying a Murillo At the Louvre Museum」 1912년, 캔버스에 유채, 130.8×161.3cm, 개인소장
- 프레데리크 바지유Frédéric Bazille 「핑크 드레스The Pink Dress」 1864년, 캔버스에 유채, 147×110cm, 오르세 미술관
- 윌리엄 맥그리거 팩스턴William McGregor Paxton 「대화The Conversation」 1940년, 캔버스에 유채, 76.2×63.5cm, 개인소장
- 존 화이트 알렉산더John White Alexander 「수다The Gossip」 1912년, 캔버스에 유채, 160.8×137.2cm, 필라델피아 미술관
- 에드가 드가Edgar Degas 「극장에서의 친구들, 루도빅 알레비와 알버트 케이브Friends at the Theatre, Ludovic Halevy and Albert Cave」 1879년, 종이에 파스텔,

79×55 cm, 오르세 미술관

● 앙리 페르디낭 벨랑Henri Ferdinand Bellan 「그의 스튜디오에서 예술가의 자화상Self-portrait of the Artist in His Studio」 1891년, 캔버스에 유채, 161×200 cm, 갤러리 앤 얀

● 프랭크 코번Frank Potter Coburn 「비오는 밤Rainy Night」 1917년, 캔버스에 유채, 58.42×91.44 cm, 개인소장

● 리카르드 베르그Sven Richard Bergh 「북유럽의 여름 저녁Nordic Summer Evening」 1889-1900년, 캔버스에 유채, 170×223.5 cm, 고텐부르크 미술관

● 라우릿스 안데르센 링Laurits Andersen Ring 「포터 허먼 칼러Potter Herman Kahler」 1890년, 캔버스에 유채, 48.5×59 cm, 란데르스 미술관

● 팔 시네이 메르세Pal Szinyei Merse 「5월의 소풍Picnic in May」 1873년, 캔버스에 유채, 128×163.5 cm, 헝가리 국립미술관

● 카스파르 다비드 프리드리히Caspar David Friedrich 「안개 바다 위의 방랑자The Wanderer above the Sea of Fog」 1818년경, 캔버스에 유채, 94.5×74.8 cm, 함부르크 미술관

● 윌리엄 글래큰스William James Glackens 「케이프코드 부두Cape Cod Pier」 1908년, 캔버스에 유채, 66×81.3 cm, 패리스 아트 뮤지엄

## 내 안에 머무는 생각

● 클로드 모네Claude Oscar Monet 「아침의 루앙 대성당 Rouen Cathedral Facade and Tour d'Albane(Morning Effect)」 1894년, 캔버스에 유채, 106.1×73.9 cm, 보스턴 미술관

• 클로드 모네Claude Oscar Monet 「루앙 대성당(정문과 생 로맹 탑, 강한 햇빛, 파란색과 금색 조화)Cathédrale de Rouen, le portail et la tour Saint Romain, plein soleil, harmonie bleue et or」 1893년, 캔버스에 유채, 107×73cm, 오르세 미술관

• 클로드 모네Claude Oscar Monet 「루앙 대성당, 정면 I Rouen Cathedral, Facade I」 1892-1894년, 캔버스에 유채, 100.4×65.4 cm, 폴라 미술관

• 클로드 모네Claude Oscar Monet 「루앙 대성당, 정문, 흐린 날씨The Cathedral in Rouen. The portal, Grey Weather」 1892년, 캔버스에 유채, 100×65cm, 오르세 미술관

• 클로드 모네Claude Oscar Monet 「루앙 대성당 : 석양(회색과 분홍색의 심포니)Rouen Cathedral : Setting Sun(Symphony in Grey and Pink)」 1894년, 캔버스에 유채, 100×65cm, 카디프 국립박물관

• 막스 리버만Max Liebermann 「뮌헨의 맥주 정원Munich Beer Garden」 1884년, 패널에 유채, 95×68.5cm, 뮌헨 노이에 피나코텍

• 앙리 쥘 장 제오프루아Henri Jules Jean Geoffroy 「공부하는 아이들The Children's Class」 1889년, 캔버스에 유채, 크기미상, 프랑스 교육부

• 에두아르 진 담불즈Edouard Jean Dambourgez 「치즈가게The Cheese Vendor」 연도미상, 캔버스에 유채, 176×227cm, 개인소장

• 파울 피셔르Paul Gustave Fischer 「대화, 헬골란트 섬The Conversation, Helgoland」 1896년, 캔버스에 유채, 크기미상, 개인소장

- 제임스 애벗 맥닐 휘슬러James Abbott McNeill Whistler 「검정색과 금색의 녹턴: 떨어지는 불꽃Nocturne in Black and Gold : The Falling Rocket」 1875년, 패널에 유채, 60.5×46.5 cm, 디트로이트 미술관
- 에버트 얀 박스Evert Jan Boks 「세상에 나아가다Going into the World」 1882년, 캔버스에 유채, 크기미상, 개인소장
- 조르주 피에르 쇠라Georges Pierre Seurat 「그랑드 자트 섬의 일요일 오후Sunday Afternoon on the Island of La Grande Jatte」 1884-1886년, 캔버스에 유채, 207.5×308 cm, 시카고 미술관
- 알베르트 에델펠트Albert Edelfelt 「파리지앵The Parisienne」 1883년, 캔버스에 유채, 73×92 cm, 요엔수 미술관
- 마크 로스코Mark Rothko 「화이트 센터(노란색, 분홍색과 라벤더 로즈)White Center(Yellow, Pink and Lavender on Rose)」 1950년, 캔버스에 유채, 205.8×141 cm, 개인소장
- 레오노라 캐슬린 그린Leonora Kathleen Green 「필요한 쿠폰Coupons Required」 1941년, 캔버스에 유채, 40.5×51 cm, 임페리얼 전쟁박물관
- 윌리엄 모리스William Morris 「아름다운 이졸데La Belle Iseult」 1858년, 캔버스에 유채, 71.8×50.2 cm, 테이트 갤러리
- 루트비히 발렌타Ludwig Valenta 「서재에서In the Library」 1943년 이전, 패널에 유채, 23.5×29 cm, 현소장처 불명
- 윌리엄 체이스William Merritt Chase 「4번가 스튜디오의 자화상Self-Portrait in the 4th Avenue Studio」 1916년, 캔버스에 유채, 133.35×161.29 cm, 리치먼드 미

술관

- 피터 빌헬름 일스테드Peter Vilhelm Ilsted 「열려 있는 문The Open Door」 1910년경, 패널에 유채, 61×48.9 cm, 개인소장
- 해럴드 하비Harold Harvey 「비평가들The Critics」 1922년, 캔버스에 유채, 60.3×75.6 cm, 버밍엄 박물관 및 미술관
- 에드가 드가Edgar Degas 「루이 에드몽 뒤랑티의 초상화Portrait of Louis Edmond Duranty」 1879년, 캔버스에 템페라와 파스텔, 100×100 cm, 뷰렐 컬렉션
- 앙리 루소Henri Rousseau 「생 루이 섬에서 자화상Self Portrait from L'ile Saint Louis」 1890년, 캔버스에 유채, 146×113 cm, 프라하 국립미술관
- 앙리 드 툴루즈 로트레크Henri de Toulouse-Lautrec 「물랭루즈에서, 춤At the Moulin Rouge, The Dance」 1890년, 캔버스에 유채, 115.69×149.96 cm, 필라델피아 미술관
- 클로드 모네Claude Oscar Monet 「수련Nympheas」 1916-1919년, 캔버스에 유채, 150×197 cm, 마르모탕 미술관

## 온전히 나를 위해

- 모리츠 폰 슈빈트Moritz von Schwind 「이른 아침Early Morning」 1858년, 캔버스에 유채, 34×40 cm, 샤크 미술관
- 존 라베리John Lavery 「플로리다의 겨울Winter in Florida」 1927년, 캔버스에

유채, 97.4×128.2cm, 개인소장

● 렉스 위슬러Rex Whistler 「근위보병 군복을 입은 자화상Self-Portrait in Welsh Guards Uniform」 1940년, 캔버스에 유채, 68.6×55.9cm, 국립 전쟁박물관

● 진 에티엔느 리오타르드Jean-Étienne Liotard 「예술가 아내의 초상화, 터키풍 드레스를 입은 마리아 거닝Portrait of the Artist's Wife, Marie Fargues in Turkish Dress」 1756-1758년, 양피지에 파스텔, 103.8×79.8cm, 암스테르담 국립미술관

● 조셉 클라이티쉬Joseph Kleitsch 「미해결의Problematicus」 1918년, 캔버스에 유채, 152.4×139.7cm, 개인소장

● 페르디난드 호들러Ferdinand Hodler 「저녁의 고요Silence of the Evening」 1904-1905년, 캔버스에 유채, 100×80cm, 빈터투어 미술관

● 존 라베리John Lavery 「치과 의사The Dentist」 1929년, 캔버스에 유채, 87×61cm, BDA 치과박물관

● 퍼시 셰익스피어Percy Shakespeare 「테니스Tennis」 1937년, 캔버스에 유채, 크기미상, 개인소장

● 크리스토퍼 네빈슨Christopher Richard Wynne Nevinson 「밤의 스트랜드가(街) The Strand by Night」 1937년경, 캔버스에 유채, 76×61cm, 브래드포드 미술관

● 귀스타브 카유보트Gustave Caillebotte 「프티 쥬느빌리에에 있는 리처드 갈로와 그의 개Richard Gallo and His Dog at Petit Gennevilliers」 1884년, 캔버스에 유채, 89×116cm, 개인소장

● 미카엘 앙케Michael Ancher 「아픈 소녀The Sick Girl」 1882년, 캔버스에 유채, 80×85cm, 덴마크 코펜하겐 국립미술관

- 에릭 레빌리어스Eric Ravilious「활주로의 전망Runway Perspective」 1942년, 종이에 수채, 46.8×55.1 cm, 임페리얼 전쟁박물관
- 파블로스 사미오스Pavlos Samios「모닝 커피Morning Coffee」 2008년, 캔버스에 아크릴, 120×100 cm, 현소장처 불명
- 세르게이 비노그라도프Sergei Vinogradov「실내의 여인Lady in an Interior」 1924년, 캔버스에 유채, 70×87 cm, 개인소장
- 알베르트 안케Albert Anker「감자 껍질을 벗기는 소녀Young Girl Peeling Potatoes」 1886년, 캔버스에 유채, 71×53 cm, 개인소장
- 존 프레더릭 루이스John Frederick Lewis「낮잠The Siesta」 1876년, 캔버스에 유채, 88.6×111.1 cm, 테이트 갤러리
- 김환기Kim Whan-Ki「우주Universe」 1971년, 코튼에 유채, 254×254cm, 환기미술관
- 존 에버렛 밀레이John Everett Millais「눈먼 소녀The Blind Girl」 1854-1856년, 캔버스에 유채, 82.6×62.2 cm, 버밍엄 박물관 및 미술관
- 존 싱어 사전트John Singer Sargent「로지나, 카프리 Rosina, Capri」 1878년, 캔버스에 유채, 50.16×64.77cm, 크리스탈 브릿지 박물관
- 세르게이 비노그라도프Sergei Vinogradov「햇살Sunshine」 1913년, 캔버스에 유채, 크기미상, 현소장처 불명

에필로그 | 빈센트 반 고흐Vincent van Gogh「꽃 피는 아몬드 나무Almond Blossom」 1890년, 캔버스에 유채, 73.5×92 cm, 반 고흐 미술관